여기는 기계의 도시랍니다

여기는 기계의 도시란다

초판 1쇄 발행 • 2020년 9월 18일
초판 3쇄 발행 • 2022년 8월 31일

지은이 • 뻐라짓 뽀무 외 34명
옮긴이 • 모헌 까르끼, 이기주

펴낸이 • 황규관
펴낸곳 • (주)삶창
출판등록 • 2010년 11월 30일 제2010-000168호
주소 • 04149 서울시 마포구 대흥로 84-6, 302호
전화 • 02-848-3097
팩스 • 02-848-3094

디자인 • 정하연

이 시집은 '세계융복합문화예술포럼'의 후원으로 제작되었습니다.

여기는 기계의 도시란다

뻐라짓 뽀무 외 34명

모헌 까르끼 · 이기주 옮김

यो मिसिनको सहर हो

네팔 이주노동자 시집

삶창

네팔 시집을 번역한 것은 이번이 세 번째이다.

한 나라의 언어로 쓰인 시의 감성과 표현을 다른 나라의 언어로 번역한다는 것은 참으로 녹록지 않은 작업이다. 시에 쓰인 단어와 표현은 그 나라의 문화, 역사를 비롯해 모든 배경들을 두루 내포하고 있기에 하나의 시어에서조차 때론 심오한 의미가 담겨 있는데 다른 언어로 번역될 때 종종 그 심오함을 놓치기 쉽다. 나는 이러한 문제를 염두에 두고 단어보다는 단락에서, 행간에서, 전체적인 맥락에서 느껴지는 작가들의 감정이나 정서를 번역하는 데 더 힘을 쏟았다. 그럼에도 그들의 느낌을 온전히 담아냈다고 할 수는 없겠다. 장고의 시간 끝에 탈고를 하지만 그래서 여전히 부끄러운 마음 가득하다.

네팔에도 거절(ghazal)* 형식의 정형시가 존재한다. 남아시아에서 유명한 노래 형식인 '거절'은 한시의 운율처럼 압운의 묘미를 살리는 게 주요한 목적인데 번역할 때 실로 난감하지 않을 수 없다. 독자들은 아마도 네팔 시가 주는 감미로움을 그대로 느끼지 못할 것이다. 최대한 시의 맛을 살리도록 노력했지만 나머지는 독자의 몫으로 남겨두었다.

이번 시집은 '네팔의 노동문학'이라는 점에서 그 의미를 찾을 수 있을 것 같다.

노동이라는 고된 시간 속에서도 문학을 매개로 커뮤니티를 형성하여 창작하고 있는 이들의 모습에서 몇십 년 전 우리의 노동문학이 떠올랐다. 자국에서는 의식 있는 젊은이들로 나름의 공부를 마치고 꿈을 찾아 한국이라는 나라로 왔지만 이들의 노동이 얼마나 고되고 힘든 일인지 시를 통해 충분히 느낄 수 있었다. 십여 년을 네팔에 살면서 한국어를 가르쳤던 인연으로 이미 그들의 노동 현장이나 감정에 대해 익히 들은 바가 있기에 시를 번역하는 데 있어 그다지 낯설지는 않았으나 여전히 노동이 주는 중압감에서 벗어나지 못하고 있다는 현실이 자못 안타까웠다.

마지막으로 번역의 기회를 주신 정대기 선생님과 물심양면으로 도와주신 모헌(작가, 번역가) 선생님께 이 자리를 빌려 감사의 말을 전하며, 이번 시집을 계기로 다소

생경한 네팔의 문학과 시에 관심을 갖는 독자들이 생겨
나기를 바란다.

* '거절'은 페르시아와 아랍에서 시작된 노래이자 사랑 내용을 담은 시였는데,
  남아시아로 들어가서 우르두어, 힌디어, 네팔어 등으로 더욱 유명해졌고, 지
  금도 음악 형태로 남아 있음.

차례

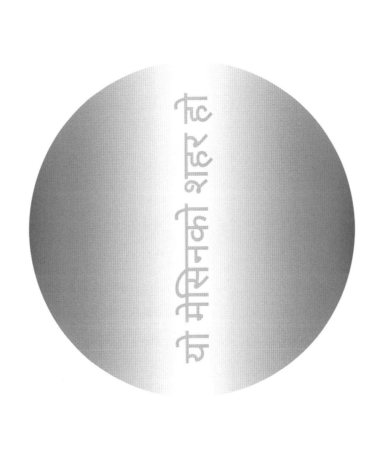

यो मेसिनको शहर हो

새 떼

파란 하늘 캔버스를
빙그르르 돌면서
수천 마일 저 멀리
천상을 향해 날아오르는
새들의 무리!

새들은
경계도 없고
나라도 없고
종교도 없다
외연도 없고
에고도 없고
몽상도 없다
다만 무리와 함께 자유롭게 날거나
무리를 떠나 천상으로 날아오른다

이렇듯!
언제쯤 날아오를 수 있을까?

천상을 향한 새들의 비상처럼……

묵언의 사랑

절반은 진실이다!
내 그대를 말없이 사랑하리라

초승달
그대가 걸어간 절반의 길
그대가 서 있는 절반의 땅
그대가 덮은 절반의 하늘
그대 절반의 심장
그대 절반의 꿈
모두가 오직 절반 절반뿐이다

초승달은
시간의 흐름에 따라 완전함을 이루듯이
내가 걸어간 절반의 길
내가 덮은 절반의 하늘
내가 밟은 절반의 땅
내 절반의 심장
내 절반의 꿈

사랑이 맺어주리라

언젠가 그대와 나만의 여행이 시작되리라

내 그대를 미치도록 사랑하리라

그대를 말없이 사랑하리라

완벽한 진실이다

담쟁이덩굴에 얽히고설켜

곧게 피어오르는 타래난초들처럼

높이 더 높이 날아오르는 꽃의 교향곡들처럼

감성이 빚어낸 젊음으로

오색찬란한 나비들이 비행하듯

단연코 이런 사랑만은 아니다

그렇다, 실로

내 그대를 미치도록 사랑하리라

내 그대를 말없이 사랑하리라

절반은 진실이다!

소나무

차가운 바람 한 점에 날려
그대 내 위로 내려앉았을 때
나뭇가지에 젊음을 싣고
그대 오기를 기다리고 있었네
눈꽃 피는 시절

추운 겨울
다른 나무들은 모두 나목이 되었지만
나는 그대 오기만을
줄곧 기다리고 있었네

한들한들 바람을 타고 날아와
내 뾰족한 잎들을 수줍게 안았을 때
즐거이 손을 뻗어 쓰다듬기도 전에
그대는 눈물이 되어 떨어지고 말았네
눈꽃 피는 시절

어머니 가슴에 그어진 분단선

너와 내가
어머니의 따뜻한 품으로부터
불완전한 발걸음을 떼려는
그 순간
우리 어머니의 거대한 가슴이
간교한 발톱으로 할퀴어졌다

깊은 상처를 입은 후에
어머니의 온전한 몸이 갈라졌다
어머니의 자궁 안에서
우리가 함께 꾸었던 꿈들도 나뉘었다
같은 가슴으로 파고들면서
어머니의 젖을 먹고 만족스럽던 허기는
서로 다른 의미로 정의되었다

사랑하는 마음에도 금이 갔다
하나였던 정원이 나뉘고
우리를 금지하는 국경의 장벽이 생겨서

우리의 사랑을 막아버렸다

어머니의 가슴에
그어진 선이 없었을 때
너와 나의 심장을 가르는
어떠한 국경도 없었다
너와 나의 의도를 의심하여
지평선 너머로 날아가는 구름 한 점도 없었다

간교한 발톱의 상처로
어머니의 가슴이 갈기갈기 찢어졌다
위도와 경도로 우리의 감각이 분리되었고
우리의 감정이 제거되었다
그리고
우리는 형제애를 잊고 있었다

우리의 오만함을 싣고
수평선을 넘는

초음속항공기의 포효와
우리의 자만심을 싣고
하늘을 관통하는 미사일의 폭음이
지구의 지도를 품은 부드러운 마음들을
위협하고 있다

매번 심장이 떨리고
땅속 깊은 곳에서 오만함이 진동하여
평화의 자손들이 유산되고 있다

이제는 오렴
어머니의 가슴에 그은 선을 지우고
어머니 품으로 파고들면서
영원히 아리랑을 부르자

꿈

욕망이 일고
욕구가 커지면
꿈들이 휘리릭 정원으로 날아오른다

어떤 것들은 눈 속 가득 꿈을 꾸는 동안
억지로 수면의 베일에 가려 숨긴다
다음 날 새벽 깨어나기를 잊어버리면
영혼들이 홀연히 날아서
빈 육신을 두고 떠난다
호기심의 사막에서
궁금증이 생긴다

어떤 꿈들은
삶을 통제하면서
삶의 길들을
무제한으로 봉쇄해버린다
갑자기 생기는 자연재해처럼
마음을 짓누르고 잡아당기고 두드리고

가족과 사회를 엉망으로 만들면서
순식간에 도망가버린다

마침내 눈뜨고 꾸었던 이런 꿈들은
겨울 안개처럼
성공의 산들을 온전히 덮어버린다
마음은 목표를 잃고 혼란스럽다
마치 험준한 바위에 피어난 꽃을
따지도 못하고 버려두지도 못하는 것처럼

꿈을 꾸지 않아도
구름의 심한 변화 뒤에도
하늘은 여전히 파랗고 공활하다
태풍이 심술을 부린 뒤에도
바다는 여전히 고요하고 파도를 즐기는 것처럼
지진의 무서운 춤사위 뒤에도
땅은 그대로 흔들림 없이 강해 보이는 것처럼
하지만 사람들은

자연의 일부임에도

꿈들의 전쟁터에서 보초를 서다가

푹 꺼져버리고 만다

기름이 떨어진 램프처럼

다시 기름을 채워도 켜지지 않는 것처럼

불쌍하구나!

사랑으로, 열성으로 키운

온실의 화초 같은 가녀린 사람들아

툇마루에서 정원까지 가는 동안

생명을 피워보지도 못하고

스스로 꺾여버리는구나

스스로 시들어버리는구나

스스로 끊어져버리는구나

일생 동안

꿈의 편린들을 모아

투쟁의 가설을 세워보지만

꿈은 꿈으로 이어지다가
전쟁터에서 삶이 폭발되듯이
유리처럼 깨져버리고 만다
그리고
지우개를 들고 있는 염라대왕은
꿈이 가득한 삶 하나를
서둘러 지우려고 부릅뜨고 있다
팔자는 다만 핑계일 뿐이다
꿈들이 삶을 죽이는 것이다
그리하여 꿈은 살인자가 되고
그런 꿈을 나도 한국에서 꾸고 있다

나는 배를 만들고 있다

한 줌의 숨을 담보 삼아
한 뼘의 땅을 담보 삼아
죽음의 계약서에 서명하고
내가 누구인지도 모르는 채
고향을 떠나 사람을 사고파는 도시에서
전쟁에 이기려고 용감한 군인이 되어
삶의 전쟁터에서
페인트를 칠하고
전선을 당기면서
용접을 하고
연마를 하면서
나는 배를 만들고 있다

바다를 기어가는
우주선을 타고
화성을 향해 날아가고 싶은
나!
박물관에 전시된 동상처럼

젊음을 불태워서

꿈의 조각들을 쌓아가고 있다

너트와 볼트로 조여진 죽음의 길목에서

가느다란 희망의 끈을 잡고

나는 배를 만들고 있다

어딘가에 더사인 띠하르 축제*가 다가온 것같이

알록달록 형형색색의 고운 옷들로

사람들이 모습을 바꿀 때

나는

일 년 내내 살기 위해 색을 칠한다

4월 홀리 축제**의

오색찬란한 색상들을 떠올리면서

이 독이 든 페인트들을

한 줌의 기쁨으로 바꾸고

슬픔을 희롱하면서

즐기기 위해 얼굴에 색을 바르듯이

나는 배를 만들고 있다

억지로

몸을 유연하게 만들고

동굴 같은 배 안에서 숨을 헐떡이면서

전선에서 불꽃이 튀어 오르듯이

철판 구멍으로 디왈리 축제***를 즐기면서

불행하게도, 자신의 눈은 시력을 잃어간다

열심히 일하는 손들

손바닥 피부가 벗겨지도록

허리의 통증이 느껴지도록

손목이 끊어지도록

삶의 버거운 꿈을 꾸면서

그렇다, 나는 배를 만들고 있다

폭염 속에서

피부 가죽을 드러내고

인공 바람을 끌어안으며

달구어진 쇠와 씨름하고 있다

때론 불에 녹이면서
때론 드럼들을 거칠게 두드리듯이
내 삶의 운명으로
가족의 작은 행복을 찾으면서
운명선을 연결하면서
나는 배를 만들고 있다

땀들이 모여 바다를 이루고
내 정직한 땀방울이 떠오르기 시작한다
기쁨들이 내 삶으로 스며들기 시작한다
어느 순간 삶의 의미를 찾는다
그리하여
나는 배를 만들고 있다

* 띠하르는 더사인(네팔 추석) 후 제일 먼저 다가오는 5일간의 힌두교 축제.
** 겨울이 끝나고 봄이 시작됐음을 알리는 힌두교의 봄맞이 축제.
*** 빛의 축제.

수스마 라나허마 Sushma Ranahanma

할머니의 구루마

저녁이 되자마자
깨끗한 골목
길거리 구석구석에서
상점들의 희미한 불빛이 켜진다
주름진 할머니가 늘 그러하듯이
오늘도 구루마를 밀면서
자신의 나이처럼 시들어가는
호박잎 몇 다발과
얼마큼의 고구마 줄기를 놓고
손님을 기다리고 있다

분주히 오고 가는 길
말끔한 옷을 차려입고
서로의 품에 꼭 껴안은
젊은 부부들이
사랑스러운 빛으로 반짝인다

군중 속 사람들은

노상에 펼친 할머니의 구루마를 쳐다볼
시간이 없다
어쩌면
살 필요가 없어서일까?
살 마음이 없어서일까?
뉘엿뉘엿
희망의 빛이 서쪽으로 넘어가고 있다

주변의 노래방들이 불을 밝히기 시작한다
식당의 자리들이 하나둘 차기 시작한다
편의점에서는
담배가 점점 더 팔리기 시작한다
로또를 사는 사람들도
점점 더 많아지고 있다
하지만 할머니가 펼쳐놓은 물건들은
그대로 있다

희망들을

할머니의 주름처럼 구기면서
나물 다발을 구루마에 다시 올려놓고 구루마를 밀면서
가까운 횡단보도를 건너
멀리멀리 사라지는 할머니를
나는 사색에 잠겨 바라보고 있다
눈에서 멀어질 때까지

눈부신 발전을 해도
가난과 결핍은
어디에나 넘쳐난다
길거리에도 사거리에도 골목 구석구석에도
하여
할머니의 구루마는
매일 저녁마다 그렇게 굴러가고 있다

공원 풍경

수직으로 곧게 뻗은 나무들
생동하는 젊음으로 잎이 무성한 나무들
계절에 따라 빛깔을 바꾸면서
시나브로 짙은 초록이 되어 살아나고 있네

피로를 풀기 위해 밖으로 나온
이국의 나그네가 나무 그늘 밑
낯설고 깨끗한 바닥에 앉아서
황혼 무렵 저들의 풍경을 바라보며
온 사방으로 시선을 던지고 있네

이 시원한 바람과
근처 호수에 생기 만발하게
피어 있는 연꽃들이
사랑스럽고 부드럽게 손짓하누나
또 다른 나무들은 보고 또 봐도
맑고 순수하구나

이 모든 풍경들을 바라보자니
피곤한 이국의 나그네 마음이 신선하고 상쾌해지네
얽히고설킨 일상들이 일시에 사라져버리네
앉아 있는 동안 무수한 꿈들이 피어오르네

한쪽 모퉁이를 돌면
운동을 하고 있는 한 무리의 사람들이
마치 자신의 건강을 잡으려고
달리고 있는 것처럼 보이네

뉘엿뉘엿 지는 햇빛 같은 노부부들이
입가에 희미한 미소를 띠고 걷고 있네
밝은 빛을 비추는 듯한 젊은이들은
잘록한 허리를 흔들면서
달리고 있네
새싹 같은 아이들에게는
힘을 북돋우면서
즐거이 길을 안내하고 있네

욕망

길보다 영리한 나의 욕망이
내 일생을 데리고 여울을 건너려 하고 있다

일생의 기억들이 이 순간 내가 존재하는 곳까지
돌아올지 돌아오지 못할지 알 수 없지만
오늘 나는 어딘가에 앉아서
한곳을 향한 마음으로
탐욕에 가득 차 있다

욕망이 세상을 보는 눈과
그 눈을 따라가는 마음들을
활과 화살로 바꾸어놓았다

이제
과녁을 명중시킬 수 있을까?
산의 절벽에서
깊은 바다에서
에베레스트 정상에서

그리고……

그래,
세상을 잊고자 하는 욕망이
나의 길과 목적지를 어떻게 알려줄까
다만 나는 혼란스럽다
그리고 반쯤은 미치광이가 되어간다

노동자

매 순간
밤들이 나를 강간하고
황급히 도망간다

강렬한 햇살과 욕이 흐르는 알람 소리에
아침마다 힘겹게 깨어난다

감긴 눈을 뜨려고, 빛을 찾으려고
피곤한 손바닥으로
잠이 덜 깬 얼굴을 문지르고 있다

침대 위에
무방비로 누워 있는 나를 강간한 밤들
그래도 나는 임신되지 않았다
꿈의 어머니가 되지 못했다

꿈을 낳으려고
노동의 감옥에 갇혀

시간에서 시간으로
신부처럼 젊음을 바쳤지만
나는
결코 임신하지 못했다
꿈의 어머니가 되지 못했다

아마도
밤들과 동침하는 나를 시기하여
한 끼 밥을 먹여주는 핑계로
낮들이 나에게 낙태약을 먹이고
유산을 시켰으리라

나 자신의 의지로 바쳤던 내 젊음이
이제는 당신의 욕망에 사로잡혀 있다

나 스스로 원했던 죄수의 길에서
어쩔 수 없이 수갑을 차고
노동의 감옥에서 열정을 바치며

웃고 웃으며 살아가는 노동자

꿈의 어머니가 되고자 하는 바람이
노동의 울타리 안에서 부서졌다
축 늘어진 삶은
벽에 걸린 시계추처럼 흔들린다
이제는
노동의 감옥에서 해방된
내 생각에 따라
내 시선 그리고
내 마음과 머리를
자손을 갖기 위해 세상 밖으로 내보내리라
그렇다
자손을 갖기 위해 세상 밖으로 내보내리라

화

이제 나는 화를 버리고
신이 되었다
화는 조금도 이롭지 않다

오늘까지 얼마나 화를 내었는가
멀고 먼 사람한테 화를 낸 건 물론이고
가까운 사람에게도 화를 냈다
어머니에게 화를 내고 밥도 먹지 않은 채
며칠을 잠만 잤다
그 대신 밭의 설익은 자두를 소금에 찍어서 씹고는
굶주림에 허덕이는 온 세계를 경험했다
자신의 화로 인해

아버지에게 화를 내고
학교에 가지 않은 채 가축을 몰고 나갔다
그리고 염소의 부드러운 노랫소리와
물소의 풀을 뜯는 음악 소리를 들었다
학교에서 나오는 동요나 애국가

작은북 소리는 듣지 못했다
학교 가는 길을 금지당한
불쌍한 어린아이가 되었다
자신의 화로 인해

애인에게 화를 내고
몇 개의 휴대폰을 시멘트 바닥에 집어 던져
산산조각이 났다
투명한 유리가 그렇게까지 깨지겠는가
그리고 마치 민족주의 지도자처럼
할아버지의 오래된 라디오로 뉴스를 듣고 있었다
자신의 화로 인해

하루는 사장님한테
몹시 화를 내고
일터를 박차고 나갔다
마치 내가 사장인 것처럼
자신의 화로 인해

이 모든 것들이 복이었다면

나는 점점 더 끊임없이 화를 냈을 것이다

아하!

결코 복이 아니다

그래서 이윤 없는 사업자처럼

나는 적자에 직면해 있다

이제 나의 기억들을 소환해

어머니에게, 애인에게, 아버지에게 그리고 사장님에게

용서를 빌면서

스스로를 후회의 불길에 태워버린다

비록 그렇다 하더라도

기억해야 할 것이 있다

만약 신이 화를 낸다면

나라에 지진이 나서

하늘을 찌를 듯 위용을 과시하는 큰 건물들이 붕괴되
리라

물난리가 생겨서
아름다운 마을들이 떠내려가리라
그리고 산사태가 나서
산맥과 암석들이 무너져 내리리라
신이 화를 낸다면!

외국에서 만난 동생

외국에서 만난 동생이 말을 한다
과거를 기억해보면
해가 중천에 떠오를 때
눈을 뜨곤 했어요
차 한잔을 들고 수다를 떨면서
웃으면서 어느덧 한낮이 되었지요
집집마다 마실을 다니면서
낮이 가고 저녁이 오곤 했어요
그리고 나무 그늘에 앉아
사람들의 다양한 모습을 구경하면서
자정을 맞곤 했지요

동생이 계속 말을 이어간다
그 시간들
아버지는 그렇게 많은 논밭을 어떻게 개간하셨을까요?
황금물결의 곡식들을 재배하여 우리들의 배고픔을 없
애주셨지요
땔감들을 수북이 쌓아놓은 뒤란으로

마치 온 숲을 짊어지고 오신 듯

어떻게 가져오셨을까요?

추운 겨울 우리들을 따듯하게 해주셨지요

어머니는 지구 같은 맷돌을 돌리시고

자신의 무게보다 더 무거운

디딜방아를 찧으셨어요

그러곤 우리들의 잇몸이 상하지 않도록

밥을 지어주셨지요

하지만 나는 젖먹이 어린아이가 아니었어요

원한다면 돌도 씹을 수 있었고

지구를 돌릴 수도 있었어요

땅을 반으로 쪼갤 수도 있었지요

하지만 나는 그렇게 하지 않았어요

어머니 아버지의 늙은 몸을 구경만 하고 있었지요

빌어먹을!

누나는,

동생이 나를 곁눈질로 본다

마치 잘못을 저지른 아이처럼······

그리고 자신의 누나를 회상하며 말한다

누나는 내가 쓰다가 던져버린 연필과 공책을

챙겨 가서 공부했어요

내가 맛있는 음식을 먹을 때 누나는 맨밥을 먹었어요

내가 놀 때 누나는 일을 했고

내가 때리면 참고 울기만 했지요

누나는 나를 때릴 수 없었어요

동생은 말을 하다가 그만 벙어리가 되어버렸다

과거에 대한 참회로 괴로워하는 듯했다

이즈음 나는

일을 하면서 동생을 본다

햇살이 문틈으로 비치면 재빠르게 일어나서

순응하듯 일터로 간다

가능하다면 기계보다 더 빨리 일을 하려 하고

차는커녕 물 마시는 것조차 잊어버린다

개미가 집을 지을 때도

참새가 둥지를 틀 때도
저렇게 열심히 하지는 않으리라
손목시계를 보면서
숨을 쉬고 화장실에 간다
필요한 말만 하고 기계적으로 웃는다
살기 위해 기본적인 음식만 먹는다
그러면서도 인간의 좋은 요소는 항상 유지하고 있다

동생을 보면서 느낀다
사람이 되려면 낯선 나라에 가야 하는구나
자신을 알려면 또 자신의 의무를 이해하려면
낯선 나라에 가야 하는구나
자신의 나라를 그리워하고, 사랑하려면
나라를 떠나봐야 하는구나

마음들

온밤을 둘러메고
차가운 바람을 베개 삼아
광활한 하늘을 이불 삼아
버림받은 마음들이
거리에서 잠들어 있다

굶주림과
목마름에 허덕여
바싹 마른 입술로
말라버린 입속 한 방울의 침을 꿀컥 삼킨다
자신을 버린 자식들을 생각하면서
노인들이 하늘을 올려다보며
별들을 헤아린다

모래강변에 알을 낳듯
자신을 낳아서 버린 어머니 아버지를 생각하면서
고아들이 달을 바라보고 있다

얼마나 많은 욕구들이 꿈틀댔을까?
절망스러운 감정들이 사무쳤을까?
얼마나 꿈들이 많았을까?
누구에게 말을 하랴, 누가 들으랴
아, 다시 검은 먹장구름이 일시에 하늘을 덮는다

저주받은 삶의 영광들이
바람과 함께 어딘가로
사라지고 있다

기술과 기반

나는 괴롭게

힘들게

슬프게

아프게

그렇게 살 필요가 없다

나는 항상 웃어야 한다

하하하 하하하

왜냐하면 온 세상이 아파도

우리나라 히말라야산맥과 평야에는

그것을 치료할 약초가 있기 때문이다

부족한 것은 오직 기술과 기반뿐

지식과 지혜 그리고 열의가 부족할 뿐이다

나는 내 어머니와 아내의 장식을 위해

금팔찌와 목걸이를 사러 외국에 나갈 필요가 없다

나는 내 딸들에게

세상의 문화에 따라

태어난 집에서 신랑 집으로 시집보낼 때

사랑의 선물로 주는 구리 물동이를 사려고

외국에 나갈 필요가 없다

왜냐하면 금과 구리를 캐는 광산이

우리 네팔 곳곳에 있기 때문이다

부족한 것은 기술과 기반뿐

열심히 일하는 손들이 부족할 뿐이다

나는 내 아이들과 해넘이 같은 늙은 부모님이 배고파
할 때

가스에 음식을 만들어 먹이려고

외국에 나가 가스를 빌려올 필요가 없다

하늘에 반짝반짝 빛나는 별들의 물결과

고개를 돌려 어두운 땅을 바라볼 때

저 별들처럼 밝은 빛을 만드는

수력발전의 능력이 우리나라에 있기 때문이다

부족한 것은 기술과 기반뿐

지식과 지혜가 부족할 뿐이다

과녁에 명중한 화살처럼

그것을 보는 눈들이 부족할 뿐이다

바이칼 호수에서 고향을 그리워하다

그대 바이칼 호수의 눈 속으로
내 마음에 핀 장미 한 송이가 떨어진 저녁
그대의 눈에 나는 취해서 비틀거렸다
사실이다!
돔 양식으로 지어진 상상의 마을에서
그대를 하나의 목표 지점으로 정하고
나는 마음의 궤도에 앉아
자유로운 연기와 함께 무형의 비행을 했다

그때 그대는 나의 포옹으로부터 시간처럼 달아나
벚나무 밑동에서 잠깐 미소 지었다
나는 홀로 산꼭대기에 서서
둥근 담배 연기에 갇혀 혼란스러웠다
그리고 그대와 함께
데이비스 폭포[1]의 물방울처럼
안으로 안으로 사라졌다

아마도 그날은

그대의 하늘에서 달이 내려와
내 입술에 미소를 짓게 했나 보다!
그래서 요즘은
그대를 생각하면 순간순간 미소 짓게 된다

그날
그대의 서툰 영어보다도 더
분명한 입술로 달싹이던
가슴 두근거리는 발렌타인의 의미를
나는 이해했지만 산처럼 말없이 있었다

그리고 마음속으로 상상했다
눈처럼 하얀 백옥 같은 그대에게
마차푸차레[2]가 내려와 일렁이는 페와[3] 호수의 잔물
결과 함께
아름다운 깰랑[4] 향해 한걸음 걷게 할 수 있기를!
빨럼[5] 노래 한 소절이라도 가르쳐줄 수 있기를!
꼬시강[6] 바람 소리처럼 말씨리[7] 음악을 들려줄 수 있

기를!

　꿈마약 산성에 올라가서 덤푸[8] 악기를 소개할 수 있
기를!

　무엇보다도
　이 마음의 대화를 내 모국어로 말할 수 있기를!

　내 고향의 무지개 사진을
　보여주고 싶었다

　하지만 이 시간 고향에 물난리가 나서
　마음을 이어주는 다리들이 무너지려 한다
　아하! 길을 걷는 것조차 위험하구나
　이 순간을
　그대에게 어떻게 설명해줄 수 있을까
　그대에게 내 고향의 무지개 사진을
　어떻게 말로 보여줄 수 있을까
　모르겠구나!

차라리 내게로 오렴!

여기 바이칼 호수에 서서

욕망이 녹아 호수가 될 때까지

삶의 탐닉을 술잔에 따라 마시자!

1) Devi's Falls. 네팔의 포카라에 있는 폭포.
2) 안나푸르나에서 남쪽으로 갈라져 나온 6993m의 봉우리. 신이 사는 곳으로 여겨 입산이 금지되어 있다.
3) 네팔에서 두 번째로 큰 호수로 주변 설산에 쌓인 눈이 녹은 물이 모여 이루어졌다.
4) 네팔 동쪽에 있는 지역.
5) 림부 민요.
6) 인도와 네팔의 국경을 이루는 강으로 푸르니아 남쪽에서 갠지스강과 합류한다.
7) 축제 전에 연주하는 일종의 궁정 음악.
8) 작은 북의 일종.

시인들의 법정에서 신과 과학

이보시오! 기술자가 내 마음의 빈 지도를 그려서
보여줄 수 있겠소?
이보시오! 의료 과학이 신의 중독으로부터 벗어날 수
있는
약을 만들 수 있겠소?
이보시오, 의사 양반! 범인의 머릿속 생각의 흐름을 엑
스레이로
보여줄 수 있겠소?

이보시오, 점성가 양반! 행성들이 사람을 따라 움직이
는지
사람들이 행성을 따라 움직이는지
달력을 보고 말할 수 있겠소?
지구는 왜 사람들의 삶에 영향을 끼치지 않소?
사람이 지구 행성이 될 수 있소?
이보시오, 역술가 양반! 손바닥이 잘리면
사람의 운명은 어디에 기록되어 있소?
신의 계획 안에? 당신의 쓰레기 가득한 머릿속에?

말해보십시오, 재판장님!
사람들의 생각을 강제하여
누가 돌을 신이라고 가르쳤소?
근대사회의 지주地主를 신이라 말한 자가 누구요?

사람들을 구분하여
누가 종교의 신분증을 주었소?
이 성직자들이 누구요?
사람의 마음을 이어주는 다리오, 아니면
사람들 마음에 벽을 세우는 방해꾼들이오?

이 성직자들이
신들을 팔아서 날마다 속이고 있을 때
정부는 왜 침묵으로 잠만 자고 있소?
국가의 고대 이름은 신이오?
신이 신자들에게 돌을 쪄서 감자로 속이고 있잖소

재판장님!

과학이 마음속 고통의 깊이를

왜 잴 수가 없소?

두근거리는 심장 소리의 의미를

왜 말할 수가 없소?

로봇을 사람처럼 만들어서

혁신을 하고 있소, 아니면 사람을 죽이고 있소?

마침내!

사람의 암시장을 누가 거래하고 있소?

신이오, 아니면 과학이오?

재판장님!

여기 시인들의 법정에서 재판해주십시오!

현재

호모사피엔스사피엔스로
돌아가면

호모하빌리스로
돌아가면

오스트랄로피테쿠스로
돌아가면

꼬리 없는 원숭이로
돌아가면

포유동물로
돌아가면

용 그리고 이름조차 들어보지 못한 동물들로
돌아가면

파충류처럼 기어가는 종들로
돌아가면

양서류로
돌아가면

해양생물로
돌아가면

대양의 바닥에 있는 단세포 아메바로
돌아가면

우와!
이렇게 오래된 시대를 짊어지고 걷는 다리들

두 다리로 직립한 이후
시대를 바꾸고 나무에서 뛰어내려 사람이 된 원숭이가
오늘날 40만 년 동안 원시시대를 이루고

지금까지 존재를 유지하면서
뛰어난 기술로
우주를 산책하고
달의 표면을 밟은 그 발바닥이

그렇다, 그 발바닥이 쓰레기, 폐수, 진흙, 오르막길, 내리막길,
비탈길, 계단, 골목, 삼거리, 사거리를 자유롭게
육신을 위해서 매 순간 봉사를 한다

오래전부터 그 발바닥이 순종하여
사람들이 기어 다니지 않아도 되고
날아가는 꿈을 꾸지 않아도 되었다

다리는 결코 화려하게 꾸미는 것을 원치 않았다
큰 욕망도 요구하지 않았다

오히려 사람들이 자신의 욕망을 과시함으로써

발꿈치가 찢어지고 아팠다
우산과 신발이 발명된 지 얼마나 되었는가?

처음부터 무시당한 발바닥을
이제부터라도
존중합시다!

사진이 스스로 말한다

이제 막 피어난 열여섯의 봄을
표상하는 사진과
그 나이로 굴절되는
청춘이란
놀랍지 아니한가!

이제 사진일지라도 말하게 될 것이다
사진을 보면 매 순간 다채로워질 것이다
매일 밤 희망을 기다리게 될 것이다
홀로 상자 귀퉁이에서
사진을 꺼내 보면 마음은
저절로 흥겨워질 것이다
사진이 스스로 말한다는 것을
마음의 속삭임으로 알았을까?

사랑으로 수없이 보았다
젊음으로 자꾸자꾸 보았다
매양 쓰다듬으면서 보았다

사진을 옮겨 베갯머리에 두고
잠의 꿈속으로 초대했다
순간마다 꿈속에서 만나기를 바랐지만
무엇 때문인지 나의 바람은 이루어지지 않았다
사진이 스스로 말한다고 들었지만
사진은 결코 말하지 않았다

어느 날엔가 말할지도 모르리라!
누가 알겠는가!
부풀어 오른 풍선처럼 희망을 품고
매번 오늘 밤에는
말하는 것을 볼 수 있지 않을까 생각한다

몇 년 뒤에는 지갑에 넣었다
오호, 사진이 스스로 말을 하지 않는구나
하루는 비가 심하게 내려 사진이 젖었다
늘 내 곁에 있던 그 사진이

그날부터 서서히 멀어지기 시작했다
오호, 사진이 스스로 말을 하지 않는구나

그제야
사진이 스스로 말하지 않는다는 것을 알게 되었다
십 년이 지난 어느 날,
아들과 말을 하다 벽에 걸린 자신의
사진을 보여주면서 아버지가 묻는다
저 사진의 심리가 뭘까?
그 순간 다양한 모습과 유형 그리고
형태로 사진이 스스로 말하기 시작했다

때로는 연설로 때로는 담론으로
때로는 대화로 때로는 시로
때로는 산문으로, 자유시로, 정형시로
운문으로, 마당극으로
이 모든 것들로 자세히
사진이 스스로 말하는 것을

나는 들었다

아들은 대답 대신 바보처럼
아버지도 사진의 심리를 모르세요?
아시면 들려주세요!
그렇다 그 순간 나를 위해
사진이 스스로 말을 했다

나는 시간이다, 파도다, 속도다, 가속이다
지나가는 순간이다
누군가의 손에도 닿지 않는 저 너머의 신비다
상처들을 낫게 해주는 명약이다
아는 사람들에게는 특별한 존재이지만
모르는 사람들에게는 무연고 시체일 뿐이다

마하바라타* 전쟁터에서 크리슈나**가
어르준***에게 한 설교처럼
불꽃이 되어

사진이 스스로 말을 했다
사진은 아들이 태어나기 전의 것이어서
부드러운 피부에 이제 막
피어나는 청춘으로 말을 하고 있었다
오늘날 삶에서
모두 똑같은 신체 기관일지라도
시간이 그려준 선이
분명하게 있었다
통통한 볼이 처지고
젊음이 시들어 주름진 것을 느꼈다

사람이 나를 태어나게 한 것은 잘한 일이다
벽에 걸려서 벌을 받더라도
나는 최소한 누군가의 표상이 되었다
사람들의 그 시간은 다시 돌아오지 않는다
기억하라 어제가
바로 오늘처럼 느껴지지 않는가?
몇 년이 흘렀을까? 수십 년이 지나도

뭘 보고 있는가? 이것은 당신의 사진이다

걸어갔다면 수만 마일을 여행할 수 있었을 것이다

글을 썼더라면 에베레스트산만큼이나 쓸 수 있었을 것
이다

목표를 가졌더라면 사람이 되었을 것이다

수행을 했더라면 열반에 들었을 것이다

나는

흐르는 물과 모래의 이야기를 하지 않을 것이다

사진을 보고 심리를

아는 것과 모르는 것이 무슨 차이가 있는가?

자세히 들여다보면 행복하지 않은가?

그렇다, 그때야 비로소

사진이 스스로 말을 한다는 것을 알았다

* 아리아인의 한 갈래인 바라타족의 왕위 계승 전쟁을 담은 서사시. 《라마야나》와 더불어 인도 2대 서사시로 인도 정신문화를 지탱하는 두 기둥이다.

** 《마하바라타》에 주요하게 등장하는 신. 비슈누의 여덟 번째 화신(化身)으로 농업과 목축을 관장한다.

*** 《마하바라타》의 주인공.

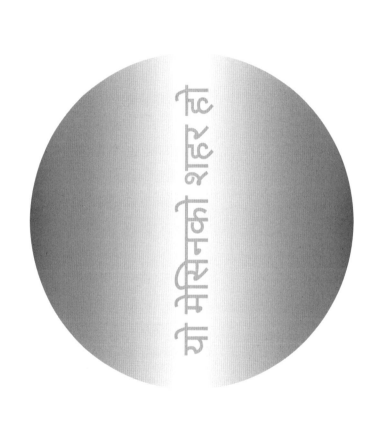
यो मसिनको शहर हो

슈퍼 기계의 한탄

옛날 내 어머니가

검은 질그릇에 볶은 옥수수와

요즘 당신의 기계로

볶은 내 머리가

비슷해요, 사장님

말해보세요

내 삶의 봄과 같은 노래를

이제 어떤 곡조로 부를까요?

빛이 바래 퇴색한 나를

어떤 색으로 물들일까요?

나는 수많은

욕망과 욕구들에 맞서

연약한 바람들이

회오리치듯이

억눌린 파도가

물결치듯이

당신한테로 왔어요

나는

노을 진 수평선에

신처럼 쪼그리고 앉은

늙은 부모님을 버리고 온 사람이에요

사장님! 나는,

출산의 고통으로 신음하는

내 아내를 버리고

자신의 심장을 쪼개서 온 사람이에요

삶이 이토록 어려운 시기가 도래해서

이제는 당신 기계의 족쇄를 차고

슈퍼 기계가 되어서 움직이고 있어요

그럼에도

땀을 흘린 대가로

왜 무시를 당해야 하나요?

내 자존심에

왜 상처를 받아야 하나요?

사장님!

이제 내 땀을 무시하지 마세요

이제 내 자존심에 상처를 주지 마세요

왜냐하면 나도 그렇잖아요

이 지구상에서

당신처럼 감각을 가진 사람이잖아요

낯선 나라에서

알람이 울려서 일어났어요
오른손으로 가슴을 만졌어요
다 괜찮네요, 행복해졌어요
그리고 로봇들의 세상으로 출발했어요
저녁에 다시 집으로 돌아왔지요
그리고 깊은숨을 들이마시면서
하루 종일 기계와 싸웠던 내 손을
사랑스럽게 쓰다듬으면서 봤어요
다 괜찮아 보였어요
당연히 다리들을 봐도 다 괜찮았지요
다시 행복해졌어요
피곤에 지쳐 누워서 생각했네요
그대를 그리워하는 사랑의 노래를
불렀어야 했어요
낯선 나라의 고통 속에서 태어난 시를
완성하지도 못했어요
아……, 할 수 없습니다
내일 깨어날 수 있을지, 깨어날 수 없을지

한국에서의 출판 그는 어지게

고용

나는 어느 회사의 직원입니다
우리 사장님은 이 도시에서 수많은
굶주림과 결핍의 신입니다

어느 날 사장님께 말했지요
사장님, 당신은 내 굶주림의 신이시며
내 삶은 당신의 은덕입니다
그래서 생일을 특별하게 보내고 싶어요
휴가를 주세요

사장님이 말씀하셨어요
내 덕분에 너는 오래 살 거야
이번에는 일이 많다
내년에 생일을 잘 보내도록 해라

나는 네라고 말했어요

어느 날 다시 사장님께 부탁을 했지요

사장님, 당신은 굶주림의 신의 신이십니다
당신의 자비로 집을 꾸며주세요
사랑하는 사람과 결혼하고 싶어요
저에게 휴가를 주세요

사장님이 말씀하셨어요
좋은 날들은 또 올 거야
이번에는 일이 많다
다른 길일에 결혼하도록 해라
나는 다시 네라고 말했어요

하루는 삶에 너무도 지쳐서
내가 말했어요
사장님, 당신은 내 굶주림과 결핍을 해결해주셨어요
당신에게 감사드려요
이제는 나를 죽게 해주세요

사장님이 말씀하셨어요

알았어

오늘은 일이 너무 많으니

그 일들을 모두 끝내도록 해라

그리고 내일 죽으렴!

허수아비

내가 집에 온 것을 보고
내가 기르던 개가 여러 번 짖었다
우리 안의 가축들은 두려움에 어찌할 바를 몰랐다
정원의 꽃에 나비는 오지 않았다

집의 정낭*이 내 모습을 의심했다
"너는 누구니? 허락 없이 왜 들어온 거니?"
아궁이, 마당, 댓돌 그리고 난간이 꾸짖었다

그날 숲속의 나무와 꽃들도 나를 알아보지 못했다
가시가 내 발바닥을 찌르고 사과하지 않았다
잠자리가 와서 내 등에 앉았지만
땀띠들을 쓰다듬지 않았다

바람은 항상 나뭇잎에게 음악을 들려주었다
나는 휘파람으로 삶의 노래를 불었다
강과 폭포들이 내 삶에 푸르름을 가득 채웠다
그날 아무 일도 일어나지 않았다

오히려 나의 성주신이 나를 지켜주지 않아
나는 피를 토했다
아이들이 나를 보고 두려움에 도망쳤다
어른들은 나를 위해 축복의 말을 하지 않았다

내 낯선 발자국 소리를 듣고
마을 사람들이 창문과 대문을 닫아버렸다
문의 빗장을 걸고
숨을 멈추면서 소리 죽여 앉았다

다음 날 엑까더시 축제**에
같이 가자는 사람이 아무도 없었다

사장님,
당신의 냄새가 배어 있는
당신이 준 낡은 아디다스 신발을 신고
말보로 담배가 수없이 구멍을 낸

당신의 낡은 노스페이스 재킷을 입고
당신에게 어울리지 않는다고 나에게 준
당신의 가죽 모자를 쓴 후에
자존심의 거울에서 자신의 얼굴을 알아보지 못한 채
나는 허수아비가 되었답니다

* 제주에는 거릿길에서 집으로 들어가는 입구에 나무를 가로 걸쳐놓은 정낭이
있었는데, 네팔에도 이와 비슷한 모양의 대문이 있음.
** 초승에서 보름달로 가는 11일째와 그 반대로 가는 11일째를 액까더시라고
하는데 지역에 따라 액까더시 장(場)이 서고 축제가 열리는 곳이 있음.

이정아 할머니

저녁마다
할머니의 저녁을 느껴요
팔순의 이정아 할머니를 만나면
환영의 인사로 한잔 마시고
나를 자신의 손자처럼 일깨워주세요
나는 할머니의 살아온 내력에 빠져듭니다
30년 전쟁 이야기를 두려운 모습으로 듣지요
할머니의 얼굴에도
두려움, 가난, 굶주림 그리고 목마른 기색이 역력합니다

전쟁 후에
가난한 나라의 국민이 된
결함투성이 내 손바닥을 보렴
나라를 짊어진 내 정수리를 보렴
세계에서 부유한 나라를 만들기 위해
온 대지에 내 땀과 피가 넘쳐 흘렀단다
나는 여기에서 닳아 없어지고 있단다
역사에 내 이름이 기록되어 있는지는 알 수 없구나

역사에 내 이름이 기록되지 않았어도
여전히 나는 이 전동 휠체어에 나라를 짊어지고 있단다
무궁화, 백합, 깨, 담뱃잎 따위를 키운 것이 아니라
손자야, 나는 나라를 키우고 있는 거란다

손자야
꿈을 안고 내 나라에 왔구나
꿈을 이루기는 어렵단다
도전의 쓰나미를 견뎌야 하고
운명의 태풍을 견뎌야 하지
가시를 밟고 불을 삼키려는 준비가 되어 있어야 한단다
그리고 모든 아픔에도 웃을 수 있어야 한단다
내가 그런 사람의 징표란다
나를 보고 배우렴

매번 할머니 삶의 발자취에서
공감의 힘을 얻고
생명의 싹을 틔워요

모든 저녁이 내게는
새벽의 표상처럼 느껴져요
이정아 할머니를 만나고
투쟁의 창*을 마시면서
나도 내 나라를 짊어지고 있어요

* 네팔의 전통술. 우리나라의 막걸리와 비슷한 발효주이다.

사랑의 날

적막한 방의 텅 빈 벽들 앞에서
관객이 되어 지나간 슬픔들을 본다
그리고 멍때리며 기억한다

내 눈의 프로젝터가 보여준
텅 빈 벽의 화면에서
지나간 기억들이 물결치며
그대 풍새미가 떠오를 때
과거가 현재를 불사르기 시작한다
기억은 바이러스가 되었다
그리고 바이러스가 된 기억들이 무수히 번식했다

기억 바이러스가
심장을 멎게 한 후에
여러 번 새로고침을 하려고
마음의 마우스를 클릭했다
오른쪽은 나
왼쪽은 풍새미

오른쪽, 왼쪽

오른쪽, 왼쪽

멎어버린 심장을

살릴 방법을 찾지 못해

거대한 하드디스크 마음이

몹시 아프다

아픔이 지속되고 있다

바로 오늘

영혼의 재판정에 서서

나는 말한다 그리고 묻는다

이봐, 풍새미

빨간 장미로 상처를 입고

중환자실에서 유혈이 낭자한 우리 사랑이

숨을 헐떡이고 있어

만남과 이별로 두근두근

고동치고 있어!

우리 둘의 동의하에 이 사랑을 죽일까

아니면 영원히 다시 태어나게 할까

지금 이 순간 말해봐

이 특별한 사랑의 날에!

실패한 노력

당신의 얼굴에서 행복을 찾으려고
날마다 밤마다 자신을 혹사시켰지요

쉼 없이 일을 하다 몸이 지쳐서
허리에 손을 얹고 잠깐 일어섰을 때
바로 그 순간 당신이 오는 것을 보았어요

이쪽저쪽에서 일을 하고 있는 친구들로
그것은 다만
참으로 증거가 되기 좋은
우연의 일치였던 것입니다

당신이 회사에 들어올 때마다
내 기계가 멈추었던 것은
잠시 화장실에 다녀오려 할 때였죠

불만스러운 눈으로 내 쪽을 쏘아보는 당신에게
고개 숙여 어물어물 인사를 했지만

당신은 어떠한 반응도 보이지 않았어요
나를 향한 당신의 의심을
온통 젖은 내 땀으로도 없애지 못했네요

수북이 쌓아놓은 일 위에 또 일을 얹었을 때도
내 몸이 할 수 없는 일까지 해내면서
억지로 미소 지으며 받아들였지요
그것은 어쩔 수 없이 사면초가에 빠졌던 것입니다

당신의 회사를 내 자신처럼 여기고
당신이 있든 없든 상관없이
기계처럼 일하려고 노력했지만
의심의 눈을 피할 수 없었네요
그것은 오직 나의 어리석음이었던 것입니다

햇볕에 도전하고 비에 도전하면서
폭풍에 도전하고 태풍에 도전하면서
그것들을 이겨내면서 삶을 버티고 있습니다

결코 패배하지 않았음에도

당신의 눈에는 한참 부족한

당신의 마음에는 언제나 패자인

불행한 사람

그것이 바로 '나'입니다

무수히 많은 날들을 나는

당신의 행복을 위해

나 자신의 몸을 위험에 빠뜨리면서

달과 함께 일하고

불면에 시달린 눈으로

밤에도 낮처럼 일을 했던 것입니다

하지만

아이러니하게도

그 대가는 일을 못 하는 무능한 사람이 되었을 뿐

그 외에는 아무것도 아니었네요

사장 아버지

나는 내 젊음과 목숨을 바쳐
할 수 있는 만큼 몸과 마음을 다해
당신의 얼굴에서
만족한 행복을 찾으려 했습니다
하지만 이제 알게 되었어요
그것은 단지 부질없는 노력이었음을,
단지 실패한 노력이었다는 것을요.

그림자

자신의 그림자보다
두려운 것
아무것도 없네

갑자기
그대가 나타났네

그대가 멀어지도록
점점 더 길어지는
내 그림자

어두운 삶을
선택한 것은
내게도 사연이 있네

자신의 그림자보다
두려운 것
아무것도 없네

비

조금은 수줍게
수줍은 듯 미소 지으며
부슬부슬 내리는 비

볼을 꼬집은 듯
입술을 빤 듯
가슴을 문 듯
태풍을 몰고
퍼붓는 폭우

하늘의 천둥소리와
번개의 섬광
다시 하늘의 천둥소리와
다시 번개의 섬광
마치
사정射精을 하는 것 같구나

비는 그대처럼

얼마나 에로틱한가

이렇듯 비가 내리는 순간

나는 홀로 누워 있네

지혜로운 방랑자

글자들이 발달하여
철학까지 산업화까지 이루었지만
마음들은 끊임없이 흘러간다
지식은 최고의 경지에 이르렀고
제도를 떠나
지혜를 밝혀 멀리멀리 흩어지는
목마른 새의 비상처럼
숨기고 싶어도 숨길 수 없는 그녀의 젊음은
저절로 분출되어 요염해진다
흰색의 백인들이 검은색의 흑인들을
마치 양말처럼 신는다
그곳에서 답답해진 루터 킹과 만델라가
지혜로운 방랑자가 되어 여행하면서
인간의 시대에 나처럼 머리로부터 폭발한다
그때 헤리 레서가 글자들을 해방시켰다
동시에 디제이 쿨 허크가 소리를 높여 외쳤다
힙합이 되어서 우리가 지혜를 여기까지 데려온 거야
노래를 부르며 자유를 갈구했지

그리고 연인들의 포옹을 원했어
제도에 갇힌 사람들이 우리에게 말했다
"방랑자들아, 너희들은 얼마나 지혜로우냐?"
우리가 그들에게 말했다
"기다려봐, 너는 더 볼 수 있을 거야
우리 지혜로운 방랑자들이
얼마나 더 멀리 갈 수 있는지."

머던의 넋두리

무나, 너의 '머던'은
여기 일하러 온 한국에서
존재감이 없다
자존도 없고, 긍지도 없고
그 어떤 존재감도 없구나

누군가 와서
나를 축구공으로 만들어

누군가는 와서
배구공으로 만들고

누군가는 와서
테니스공으로 만들지

또 다른 이가 와서
야구공으로 만들어

나는
어쩔 수 없이
그들이 만드는 대로 만들어진다

왜냐하면
너의 '머던'은 여기 일하러 온 한국에서
존재감이 없기 때문이다
자존도 없고, 긍지도 없고
아무런 존재감도 없기 때문이란다

누군가 와서 달리라 하고
누군가는 와서 앉으라 한다
또 누군가는 와서 일어나라 하고
또 누군가는 와서 자라고 한다

나는
어쩔 수 없이
그들이 말하는 대로 움직인다

왜냐하면
너의 '머던'은 여기 일하러 온 한국에서
존재감이 없기 때문이다
자존도 없고, 긍지도 없고
아무런 존재감도 없기 때문이란다

무나 네가
"이리 오십시오"라고
한 나라의 왕처럼 나를 부르는
그 말을

누군가는 와서
큰 소리로
"새꺄, 이리와"라고
소리친다

나는

어쩔 수 없이
그들이 부르는 대로
따라간다

왜냐하면
너의 '머던'은 여기 일하러 온 한국에서
존재감이 없기 때문이다
자존도 없고, 긍지도 없고
아무런 존재감도 없기 때문이란다

그래도 무나,
나의 자존과 긍지
그리고 존재는
여기에서 너의 사랑으로
구원받아 살고 있다
너의 사랑으로 살아내고 있다
너의 그리움으로 살아내고 있다

가끔은
소주에 취한 토요일 저녁
너의 기억과
너의 그리움이
살며시 나를 이끌고 데려간다

그리고
시장으로 나와
정처 없이 헤매고 다닌다
모든 여성들의 얼굴에서 너의 아름다운 눈과
너의 보조개
그리고 너의 앵두 같은 입술을 찾으면서

무의식적으로
홍등가에 발길이 멎는다
그 거리
여기저기 붉은 빛들이 난무하고
투명한 유리 안쪽으로

반라의 여성들이
나를 향해 손짓하고 있다

나는 정조를 바친 '머던'
그 손짓에는 관심이 없구나

하지만
너의 아름다운 눈과
너의 보조개,
그리고 너의 앵두 같은 입술을 갖고 있는
한 여인이
나를 잡아끌었다

너의 사랑
너의 그리움
너의 우정
너의 기억을

그녀로부터 달래기 위해
그녀와 함께
침실로 들어갔다

하지만
그 나비
그 창녀
그 유녀는
네가 될 수 없었다

내 손에서, 강제로
3만 원을 빼앗고 내 앞에서
부끄러움도 없이 옷을 벗었다
그리고, 빨리빨리라고 말하면서
만족하지 못한 나에게
박카스 하나를 손에 쥐어주고는
밖으로 내보냈다

나는

어쩔 수 없이

오르가슴을 느끼지 못한 채로 나왔다

왜냐하면

너의 '머던'은 여기 일하러 온 한국에서

존재감이 없기 때문이다

자존도 없고, 긍지도 없고

아무런 존재감도 없기 때문이란다

시간, 그대여 나에게 한 세대를 다오

오! 시간,
그대여 저 위 고개 너머 어디에서든
나를 기다려주오
나는 그녀의 무릎에서
한 세대 동안 숙면을 취하고 오리라

그대로 인해
만나지 못했던 나의 그녀를
오늘 갑자기 만나게 되었구나

그녀와의 이별로
불면에 시달린 지 몇 해가 되었네

제발,
그대여 저 산꼭대기 어디에서든
나를 기다려주오
나는 그녀의 무릎에서
한 세대 동안 숙면을 취하고 오리라

뻐꾹뻐꾹 뻐꾹새 소리

쏴아 쏴아 폭포 소리

어떤 감미로운 음악

그리고 꿀 같은 달콤함

그녀의 목소리를 듣지 못한 지 몇 해가 되었구나

시간,

그대여 저 꼭대기 정자 어디에서든

나를 기다려주오

나는 그녀와 함께

한 세대 동안 속삭이고 오리라

사슴 같은 눈

무스탕 히말*의 사과 같은 볼

장미 같은 입술

그리고 달 같은 그녀의 얼굴

보지 못한 지 몇 해가 되었구나

시간,
그대여 저 멀리 어느 찻집에서든
나를 기다려주오
나는 그녀를
한 세대 동안 내 눈으로 온전히 보고 오리라

그녀의 머리카락을
쓰다듬지 못하고
그녀의 부드러운 몸을
보듬지 못하고
그녀의 입술에 입 맞추지 못한 지
몇 해가 되었구나

시간,
그대여 저 멀리 어느 쉼터에서든

나를 기다려주오

나는 한 세대 동안

그녀의 머리카락을 쓰다듬고

한 세대 동안

그녀의 몸을 보듬고

한 세대 동안

그녀의 입술에 입 맞추고

그리고 한 세대 동안

그녀와 함께

사랑을 나누고 오리라

오, 시간,

그대로 인해

만나지 못했던 나의 그녀를

오늘 갑자기 만나게 되었구나

제발,

그대여 저 멀리 어느 무덤가에서든

나를 기다려주오

나는 그녀의 무릎에서
한 세대 동안 숙면을 취하고 오리라

* 무스탕은 히말라야산맥에 위치한 지역 중 하나로, 사과가 유명하다. 히말라
  야를 보통 히말이라고 한다.

색과 꿈

닫힌 방
흩어진 물건들
이렇게 가정해보자
삶인지 죽음인지 모르면서 살아가는
어느 인생이 호흡이 멈춘 생명처럼 쓰러져 있다고.

발을 들어 올려 일어서려 하지만
일어서지 못하고 흔들리면서 오히려 그곳에서 무너진다
덫에 걸린 것일까
입술이 알 수 없는 갈증을 느끼고
가까이에 컵과 물들이 가득하지만
목마름이 심하구나

거기 쓰러진 몸으로
벽에 걸려 있는 사진을 보면서 생각한다
색이 벗겨진 오래된 천장 아래로
유년의 아련한 기억과
어머니의 무한한 사랑

그리고 시간 속에서 닳아 없어진 지루한 과거를.

오호!
기억들도 참으로 지루하구나

젠장! 억지로 일어선다
창을 통해 공활한 하늘을 바라본다
서쪽 수평선으로 기울어가는 태양과
하늘 위로 날아오르는 짝 잃은 새
그리고 슬픈 표정으로 누워 있는 언덕

색은 삶이다
이 색에 남겨진 꿈들을 짊어지고
공활한 하늘, 수평선의 노을 진 태양
짝 잃은 새 그리고 슬픈 언덕처럼
색과 꿈들과 함께 살아가고 있다

목적지

길들이
큰대자로 누워 자고 있네
한 무리의 연인들이
사랑을 속삭이면서 팔짱을 끼고 걷고 있네

이 화려한 도시와
이 밝은 섬광들이
왜 화려해 보이지 않는 걸까?
왜 빛이 없는 것처럼 보이는 걸까?
초연超然하고 고요한
외로운 나

소리는
왜 소리처럼 들리지 않는 걸까?
사랑은
왜 사랑처럼 느껴지지 않는 걸까?
어떤 것은 찾고 어떤 것은 잃어버린 것처럼
아무런 감동 없이

외로이 방황하고 있다

시간이
억지 미소를 띠고
자신의 얼굴을 찡그리고 있네
꿈의 장례식장으로 가고 있는
외로운 나

바로 이 순간
세계에서 가장 높은 산에서
자신의 삶의 지평선을 멍하니 바라보고 있네
결국은 어디까지 가야 하는가?
외로운 나

마침내
그대와 나 그리고 우리 모두가 도착하는 곳은
다만 무無일 뿐.
그래도

걷고 있다, 목적지를 향해 걷고 있는

외로운 나!

장미

나는
못생겼어
그래도 한때는 아름다웠었지!

나에게
정원사,
화분
그리고 정원 따위는
필요가 없었어

나는
피어나기 위해 꿈을 꾸지 않아도 되었어
날아가기 위해 여권 같은 날개도 필요가 없었지

지금은 이 머릿속 가득
어느 큰 도시에서 태어난
쓰레기 더미를 짊어지고 걸어가고 있어
그래, 살기 위해 결코 이런 일을 할 필요는 없었어

어느 날 갑자기
이렇게 자유로운 삶에
무지개의 나라에서
훨훨 날아서 네가 왔구나

나에게도 무지개를 만들어주겠다고 하면서
내 온몸으로 쏟아졌지
하지만 순식간에
아이들이 뛰어놀면서 잔디가 없어진 잔디밭이 되어버
렸어

지금은
무지개인 너를 잃어버렸지
그리고 나는 꽃이 피는 것을 잊어버렸어

아직도
많은 사람들이 생각하고 있을까

내가 그곳에 머물러 사라질 때까지!

마침내

본래 창조하고자 했던 그 목적대로
새벽빛과
부드러운 바람과
조화로움이 펼쳐졌다

내 전라의 몸을 관통하는 빛과
그 빛을 껴안고 노니는 바람과 함께
나는 이 강변에 살고 있는
토박이 마른 풀이다

나는
죽은 후에
다시 태어날 내 자손들에게
생기와 열정을 불어넣고
진언을 읊는다

이 풀들을
건조시키고 현대적인 기계로 빻아

새로운 땔감을 만들어서
추위를 쫓아버린다

그리고
내 자손들에게
'나는 신이다!'라는 철학을 증명해 보이면서

이렇게
한 시대를 바꾸려고
자손들의 심장에
창을 꽂아 내보냈다
"조심하거라 그리고 바꾸거라!"

내가 죽더라도
이 강변에
내 영혼이 거닐고 있으리라
물과 함께 흐르고 있으리라!

빛과 그림자

한 사람의 생애에
살아야 할 삶이 얼마나 많은가
이루어야 할 꿈이 얼마나 많은가
오호! 생애여

내가 내가 아닌 듯
내가 나인 듯
오호!
쓰러져버린 삶을 일으켜 세워도
죽어버린 꿈을 살려도
이토록 짧은 생애에
끝없는 욕망을 누르며
미끄러지고 있다
고갈되고 있다
급히 서둘러 하루의 일을 마감하고 있다

길과 사랑

이 도시에서
나처럼 사랑을 나누는 수많은 사람들을 본다
사랑은
아무리 나누어도 고갈되지 않는다
이곳에서
나처럼 길을 걷는 수많은 사람들을 만난다
길은
아무리 걸어가도 끝이 보이지 않는다
하지만 더러 굶주림 속에서
우리는 사랑을 원해도 얻을 수 없고
복잡한 군중의 무리 속에서
길을 원해도 찾을 수 없다

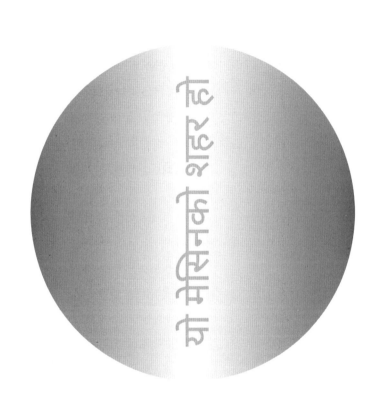

यो मसिनको शहर हो

아들의 주소

이러한 애도 속에서도
소란이 멈추지 않는 도시
그 불면의 길가에서
고통, 슬픔 그리고 눈물 따위를
조그마한 광주리마다 담고
그것들을 팔아 한 줌의 행복을 사려고
할머니가 앉아 있다

할머니도 예전엔 그랬으리라
이른 계절에 열린 풋사과 같은 볼
포인세티아 같은 젊음
달에 도전하는 얼굴
이제 막 웃음을 배운 아이처럼
해맑은 미소
산을 들어 올릴 수 있는 팔과
할머니 뒤를 따르던 젊은 무리들!

붉은 빛깔의 태양 같은 나이에

이 모든 것들은 어디로 사라졌을까?

활짝 피었던 이마의 행운선에는 왜 주름이 잡혔을까?

곧게 뻗은 길에서 눈을 휘둥그레 뜨고

왜 앉아 있을까?

할머니의 자손들은 어디에 있을까?

불확실한 응답에 기대듯 딜레마에 빠져 생각한다

물어볼까 말까 아들의 주소.

물어보면 혹시 대답을 해줄까

내 아들은 하루 종일 일하느라 바쁘단다

저녁에 행복을 안고 돌아온단다

아들의 주소는 내 품이란다

아마도 이렇게 대답하지 않을까

내 심장의 한 조각 같은 아들은

내 행복을 위해

낯선 나라에서 땀을 팔고 있단다!

혹여라도

모유로 키운 아들이 집에서 내쫓았다고 말하는 건 아

닐까

그렇지 않다면
혹시 지진이 흔들어놓은 두려움처럼
질문을 듣자마자 입술을 부르르 떨지는 않을까
수많은 고통들이 한꺼번에 마음 가득 물결치지 않을까
가슴이 아려 눈물이 넘쳐흐르지 않을까

비 온 뒤의 하늘 같은 얼굴에서
뿌연 안개를 보고 싶지 않아서
하얀 눈 같은 백발의 머리를
눈이 없는 히말라야처럼 보고 싶지 않아서
물어보고 싶은 마음이 있어도
물어볼 수 없었다
고립무원의 외로운 할머니에게
그 아들의 주소를!

기계

아버지 입술의 공명된 소리를 듣고서
내 귓속으로 들어온 바람이
이곳에서는 흐르지 않는구나
어머니의 품 같은 포근함으로
부드럽게 보듬으려고 다가온
햇살도 느끼지 못하는구나
이 기계의 도시에는
그대의 그리움을 데리고
내 방의 창가로 다가와
나를 희롱하려는 달마저 비추지 않는구나

친구야, 여기는 기계의 도시란다
여기는 재스민과 천일홍들이 애정을 뿌리며 웃지 않
는다
새들도 평화의 노래를 부르지 않는다
여기는 사람들이
기계의 거친 소음과 함께 깨어난다

하루 종일 기계와 함께 기계의 속도로 움직인다
장마철에 젖은 산처럼
몸에서 폭포수처럼 쏟아지는 땀에 젖어
스스로 목욕을 해도
이 쉼터에서는 시원하지 않구나

사람이 만든 기계와
기계가 만든 사람들이
서로 부딪히다가
저녁에는 자신이 살아있는지조차 알 수가 없구나
친구야 여기는 기계의 도시란다
여기는 사람이 기계를 작동시키지 않고
기계가 사람을 작동시킨다

나도
새벽이 언제인지
밤이 언제인지
모르고 살아온 지 수년이 지났다

이 기계의 도시에서

기계와 같이 놀다가

어느 사이

나도 기계가 되어버렸구나

친구

자신이 흘린 수많은 땀의 대가를
저 아래, 멀리 저 아래로
깊고도 차갑게 흐르는
한강에게 물어보렴
에베레스트산처럼 쌓인 고통을 딛고
너의 하늘로 날아올라
꿈의 가지를 잡으려는
기억틀에게 물어보렴
행복의 눈물이 얼마나 넘쳐흘렀는가
고통의 눈물이 얼마나 남아 있는가?

밤마다 흘린 눈물이
소금이 되어 가게마다 팔리고 있었구나
그 팔린 돈으로
누구를 위해 이것저것 보내려 한 것일까?
친구야, 자신의 관에 누워서 오려고 한 것일까?

너머스떼!

새순처럼 부드러운 어린 가지들이
당신의 땅에서
고개 숙여 '너머스떼!'라고 말한 후에
나의 하늘이 열립니다
몸은 거리의 병든 개들처럼 생기가 없습니다
이해하지 못해도 이해한 척
아파도 아프지 않은 척
흙처럼 부서져서
아침저녁으로 당신의 마당에 뿌려집니다
가끔은 기계의 몸통에 끼이고
저녁에는 마음이 진흙처럼 녹초가 되어버립니다
숨어 있던 기억들이 떠오르면서
이리 뒤척 저리 뒤척 밤을 지새웁니다

이것을 달라고 하는데 저것을 가져와서
사장님에게 '새끼야'라는 욕을 먹은 후에는
내 머리가 잘 돌아가서
마음속으로 연신 '미안합니다' 꾸벅이며

'네'라고 대답을 합니다
열세 시간의 일을 마치고 회식을 할 때
마시지도 못하는 소주와 맥주를
억지로 마신 후에는 고향의 이웃집 여자들의 사랑이
가슴으로 물결칩니다

남녀가 노래 부르며 사랑을 고백하는
도호리에도 가보지 못한 나 같은 놈에게
친구들이 노래방에 가자고 할 때
제일 먼저 앞서곤 했습니다
노래방에서 사우나까지 갔을 때
모두가 옷을 벗었지만 나는 벗지 못했지요
내 눈에는 그들이 미친 사람 같았습니다
왜냐하면 술에 취해 있었거든요

토요일이 지나 일요일이 오듯이
추석이 지나 설날이 오듯이
매일 설날이 되기를 바라곤 했습니다

일요일마다 월급날이 되기를 바라곤 했지요
신입일 때 선배들에게 수없이 힘들다고 말하던 내가
선배가 된 후에는 신입들에게
마치 큰돈을 번 사람처럼
못하는 일이 없는 사람처럼 뽐내더니
아하, 얼마나 속 보이는 짓인가요
월요일이 두려워
일요일에는 잠들고 싶지 않았답니다

페이스북 시장에는 거지의 무리들이 즐비하곤 했습
니다
아마도 그들의 국립은행은 나겠지요
재화의 금고도 나일 테고요
정전이 없는 나라에서
아름다워 보이는 불빛들로 잠들지 못하다가
불면에 시달린 채 졸면서 일터로 간 후에
늘 사장님께 '너머스떼!'라고 말하는 것처럼
벽에 걸려 있는 시계는

내게 한 번도 고개 숙여 '너머스떼!'라고 말하지 않았
습니다

기억의 물결들

나는 그날을 기다리고 있다
그날은
나를 기다리는 누군가를 만나는 날,
마치 산고의 고통 뒤에 어머니가
갓 태어난 아이를 보는 것처럼 행복할 것이다

두 눈을 바늘 삼아
찢어진 심장의 스웨터를 뜨개질해야 한다
사랑의 머플러를 완성해야 한다
살아 있는 동안 따뜻함을 주기를 바란다

오래전 인연의 카메라로 찍은
삶의 어느 사진을
인화해야 한다
그 사진이 심장의 벽에
영원토록 남아 있기를 바란다

눈을 감고 생각한다

신의 형상 앞에서 예배드리며 종을 울릴 때

혹은 저녁 예배 때 신의 불로

젖은 눈들을 따뜻하게 데울 때

기대 없이 도착하기를 바란다

그곳 짚으로 만든 침대에서

가련한 얼굴과 수수한 옷차림이

더 아름답게 보이기를 바란다

그리고 행복의 등불이 눈을 밝혀 포옹하면서

그대의 입술에 입맞춤하기를

그로 인해 얼굴이 붉어지기를 바란다

그 순간 그대의 아름다움은

미녀의 화려한 화장보다 더 아름답게 보일 것이다

하늘의 수많은 천사보다 더 아름답게 보일 것이다

오호!

낯선 나라 어딘가에서 미래를 찾을 때

기억의 물결들이 이렇게 다가온다

그리고 마음을 온통 적시고 지나간다

때때로 가슴 가득 누군가에 대한 그리움은
더 이상 물결치지 않기를.
이미 내 가슴속 사진첩이 넘쳐버렸기에……
지나간 사진들을 얼마나 들춰볼 수 있을까
어느 사진을 보아도 똑같이 웃고 있다
나를 놀리기도 하고 울리기도 하면서.

해변에 서서 흘러가는 것들을 바라볼 때
눈앞의 파도들이 사라지고
마음은 멀리 수평선 너머로 달아난다
또 하나의 낯선 그림이
머릿속에서 빙글빙글 돌아가는 것을 본다

기계에서 자주 울리는 장송곡들이
감미로운 노래처럼 들린다
모래에 새겨진 사랑스러운 이름처럼
시간의 파도가 때때로 삶을 완전히 삼켜버리고
꿈의 태아들을 유산시킨다

어쩔 수 없는 소용돌이 속에서
삶을 내기에 걸고
한 줌의 행복을 위해 수많은 욕망들을 잠재우고 있다

그것으로 충분하다! 이게 낯선 나라다
누군가의 행복, 누군가의 사랑을
빨간 관 속에 넣어서 고국으로 보내지 않기를 바랄 뿐
이다

땅의 영웅

사냥꾼의 덫에 걸릴 것 같은
한 쌍의 어린 비둘기가
둥지 밖을 살피는 순간
자신의 생명을 위해 마음이 침묵할 때
가슴은 촉촉해지고
눈가에 눈물이 고인다
미래에 대한 걱정으로 천진한 머리가 떨린다

걱정에 싸여
행복한 날개들이 자라기도 전에 영양실조에 걸린 것
같다
아마도 살기 위해서
누군가에게 이용당해야 하는 걸까
아니면 누군가의 도움을 받아야 하는 걸까
아니면 위험을 감수하면서 스스로 날아야 하는 걸까
이렇게 멀리 날아와 있는 나,
오늘 그 어린 새가 된 것 같다

봄이 끝나갈 무렵
꽃이 생기를 잃은 듯이
청춘이 시들어가고 있다
언덕 저편에 보이는 무덤이
조롱하는 것 같다
궁핍의 무기가 황금빛 꿈들을
사냥하려고 한다

소박한 행복을 누리기 위해서는
자신의 땅에서
땀 흘려 젊음을 바쳐야 했다
더 나은 삶과 황금빛 미래를 위해
억지로라도 행복의 연료들을 가공해야 했다

자신의 땅에서 보석 찾는 일을
무엇이 멈추게 했을까?
누가 멈추게 했을까?
왜 멈추게 했을까?

아니면 스스로 멈추었을까?
이 모든 해답을 찾지 못했다
아니 찾으려고 노력하지 않았다
가슴에는 조국을
마음에는 가족을 품고
눈물을 머금으며
여권에 도장을 찍고
낯선 길을 선택하도록
오히려 독려했다

여기 어디에서도 내 나라꽃 랄리구라스*를 볼 수 없을
것이다
하지만 랄리구라스 같은 아름답고 화려한 마음을 만
났다
내 나라의 사랑콧**을 볼 수 없을 것이다
하지만 비슷한 모양의 아름다운 산들이 있다
페와 호수, 라라 호수와 루빠 호수를 어디에서 만날
수 있을까

짠 바다에서 수영할 때 마음이 따끔거린다

눈가에서 짠 눈물이 흐른다

네팔 음식 군드룩과 디로의 맛을 어디에서 찾을 수 있
을까

그래도 김치와 된장이 내 마음을 사로잡았다

꼬도*** 술의 그리움을 소주가 대신하고 있다

그래서

여기 자신의 것이 없어도 자신의 것처럼 느껴진다

친척은 아니어도 타인처럼 느껴지지 않는다

그로 인해 낙엽이 떨어지는 삶의 계절에도 안도감을
느낀다

그것은 삶을 지탱해주는 지팡이가 될 것이다

대지의 영웅이다

그대가 준 도움이 자랑스럽기를 바란다

내가 그대의 인간애를 설명할 수 있기를 바란다

내가 그대의 업적을 말할 수 있기를 바란다

그대 발전의 역사를 들려줄 수 있기를 바란다

누군가 나의 자손들에게 자신의 대지에서
열심히 일하라고 격려해주기를 바란다

한 세대를 바꾸려는 용감한 노예에게는 자유가 있다
나라가 있고, 삶이 있고 문화가 있다
이 모든 이야기를 여기에서도 들려주면서
그대의 무한한 사랑과 친구에 대한 추억을 품고
나는 즐기기 위해 자신의 대지로 돌아가려 한다

* 네팔의 국화.
** 네팔의 도시 포카라 근교의 산.
*** 조 껍질로 만든 네팔의 전통 발효주.

하늘이 잠들 때

바로 이 순간
하늘이 잠들었다
그 위 어두운 그늘에서
반딧불이가 반짝이고 있다
고요한 대지

이 언덕 꼭대기로부터
멀고 먼 희미한 불빛들
움직이지 않는 산과 나무들이 잠들었을 때
마을의 집들은
꿈속에서 헤매고 있다

한 조각 구름이 잠 속에서
달의 일부를 가리고 지나가고 있다
숲에서
잠자리가 노래할 때
바람 한 줌이
그대의 머리를 쓰다듬고 지나간다

하지만
우리 안에는 여전한 침묵!

살포시 만지기만 해도
우아한
그 입술과 볼
아! 얼마나 아름다운가
얼마나 경이로운가
이 밤에
심장이 쿵쾅거리고 있다
나무들, 산들, 집들이
깨어날 것만 같구나
그래도
사랑의 바다에 빠져서
깊은 입맞춤을 해보라
어차피 내일은 내일의 태양이 떠오를 테고
다만
지구가 돌아가기를 바랄 뿐이다

폭풍우

평등한 흰 구름들이
맑고 푸른 하늘에서 아름답게 보인다
왜일까?
언젠가 한번
그 하늘에서
교만한 구름들이
천둥을 부르고
인내하는 어린 식물에게
화해의 비로 물을 주는 대신
왜?
편견의 비로 때렸을까?
그리고 폭풍우를 만들어 퍼부었을까?

이제 조화로운 아궁이 불을
빗방울이 젖게 하지 않으리라
화합의 불을 끄지 않으리라
왜냐하면
모든 집에 물이 새지 않도록

공존의 짚으로 지붕을 얹었기 때문이다
모든 벽들을
형제애로 꼼꼼히 만들었기 때문이다
이제 빗방울이 미끄러지리라
선구적인 처마 밑으로
세속적인 안뜰로 떨어지리라
결국은
땅속으로 들어가
사라지리라

덤벌 숩바
Dambar Subba

어머니의 알람

저녁에 떠오른 달이 지기도 전에

첫 수탉이 꼬끼오 울기도 전에

내 어머니는 이른 새벽에 일어나곤 하셨다

뻔쩌미*와 뜨리살리**에서

'단 나쯔'라는 전통 춤을 추며 '빨럼'이라는 민요를 부르면서

자신의 불행을 맷돌에 갈곤 하셨다

맷돌 소리와 어머니의 '빨럼' 소리에

나는 날마다 깨어나곤 했다

아버지의 뒤를 따라 저 아래 강변 밭으로

외양간의 소들을 몰고 걸어가곤 하셨다

밤에 달의 눈물을 흘리면서

추위에 움츠러든 동식물들에게

따뜻한 온기를 주려고 동쪽 햇살이 비출 때

그 시간

언덕 너머로 바구니 가득 퇴비를 걸머지고

퇴비 위 천으로 덮은 간식과

오른손에 주전자 가득한 창
그리고 왼손은 이마에 걸머진 끈을 잡고
인생의 내리막길로 내려가곤 하셨다
내 어머니!

자신의 손으로 빚은 창을
아버지에게 잔 가득 사랑으로 부어드리고
나에게는 놋접시 가득
자신의 머리에 두른 금장식 같은 황금밥을 주곤 하셨다
내 삶이 그리움의 연못에 빠져들 때
아, 잊을 수 없는 순간! 그 시간!

이렇듯
시간은 태풍의 풍속을 따라
어딘가로 가버렸다
우리들을 어딘가로 데려갔다
하늘에 떠 있는 별처럼
아버지는 밤마다 나를 내려다보고 계신다

유령이 머무는 듯한 쓸쓸한 집에서
어머니는 홀로 늙은 유령이 되어
고된 시간을 보내고 있다

그리고 고국으로 돌아간 이들에게 매번 나의 안부를
물으며
말라버린 눈에서 슬픈 눈물이 뚝뚝 흘러내린다
나는 이 로봇의 나라에서 밤마다
이런 생각을 하다 눈을 감고
다음 날 아침이면 어김없이 일어난다
어머니의 맷돌 소리와
'빨럼' 소리와 함께!

* 보름으로 가는 다섯 번째와 그믐으로 가는 다섯 번째의 날을 뻔쩌미라고 하
  는데 그날에 하는 축제.
** 네팔의 동쪽 지방 뜨리살리에서 하는 축제.

슬리퍼

슬리퍼는
끊어질 수 있다
걷다 보면 길 한가운데서
나이트클럽에서 디스코를 추다가
계곡이나 작은 다리들을 건너다가
목적지에 도착하지 못한 채
행복의 최고봉에 도달해
편안한 숨을 쉬면서 혹은
불행의 바다에서 헤엄을 치면서
어디에서든 항상 끊어질 수 있다

인생을
슬리퍼처럼 끌면서
오만한 사람이라고 불리는 이들은
민중의 입술에 머금은 미소를 빼앗고
막 피어나려는 봉오리들을 꺾고
여인들의 삶을 짓밟아
순수한 눈들을 울리고

가난한 이들의 가스를 끊어버리고
아름다운 마을 사람들을 파멸시켜서
자신의 제국을 건설하려고 한다

꽃의 부드러움과 향기
마음을 유혹하는 사랑스러운 무지개 빛깔들
강과 바다의 위대함
히말라야 봉오리의 아름다움
어머니들의 헌신적인 사랑
이 모든 아름다움을 잊어버린 채

인간의 의식이 높아진 시대에
왜 잔인함이 존재하는 걸까?
IS와 보코하람 같은 테러리스트들이
새들이 날 수 있는 자유를 침범하고
군홧발을 구르면서
자신의 제국을 확장하기 위해
꽃처럼 아름다운 마을들에

왜 핵무기까지 떨어뜨리려고 준비하는 걸까?

사람 위에 서려는 우월한 종족들이
사람으로서 이해해야 할 것은
비싼 것이든 싼 것이든
명품이어도 명품이 아니어도
왕이나 대왕이 신어도
거리에서 구걸하는 거지들이 신어도
슬리퍼는 끊어지면 버려야 한다는 것이다
결국 같은 쓰레기통 속으로!

슬리퍼는
삶이 되어 걷고 있다
삶은 슬리퍼가 되어 걷고 있다

외국에 있는 아들에게 보내는 어머니의 편지

아들아,
굶주림과 투쟁하려고
네가 외국에 나간 지 수년이 되었구나

내가 말하지 않았느냐?
나는 금목걸이를 하지 않겠다고
며느리는 현대적 관습에 따라서
도시로 이사 가지 않겠다고
또 몸을 치장하고 싶은 욕구를 없애겠다고
손자 손녀들이 시골학교에서 공부를 해도
사립학교에서 뽐내는 아이들을 이기겠다고
내가 말하지 않았느냐
하지만 너는 말을 듣지 않더구나
나라 전역에서 라후레[1]가 되려는 경쟁이
너에게도 왔구나
너도 그 사냥감이 되어버렸어
6개월 전에 한국으로 간 옆집 젊은이가
자살을 했다는구나

3년 전에 일본으로 간 이웃 마을의 젊은이는
방 안에서 목매달아 죽었다고 한다
배 속의 아이를 두고 외국으로 간
또 다른 젊은이는 기계에 목숨을 잃었고
아랍으로 행복을 찾아 떠난 소녀는
성폭행을 당했다는구나
아들아,
낯선 땅에서
너와 너의 친구들은 왜 이렇게도 약해진 거니?
행복을 찾아 희망을 품고 간 너희들이
왜 시체가 되어서 돌아오는 거니?
아들아, 나를 한번 보렴
젊음이 생동하는 나이에
조국을 지키기 위해서
네 아버지가 적의 총탄에 쓰러졌을 때 내가 어땠겠니?
한창 젊은 나이의 네 형도
민주주의를 위해 싸우는 투사가 되었을 때
얼마나 기절초풍할 노릇이었겠니?

국가의 위상을 높이려고
세계의 높은 히말라야를 오르고
여성의 용기를 알려준 네 누나를
아름다운 히말라야가 사랑해서
거기에 묻혔을 때 내가 어찌 살았겠니?
아들아, 너는 알고 있느냐?
이 모든 고통을 짊어지고도
터질 듯한 가슴에 인내의 연고를 바르고
자신의 자부심과 용기를 잃지 않으면서
이 상황까지 어찌 왔겠니?
이 모든 것을 보고 들었을 때
네 어미 심정이 어땠겠니?
생각할 수 있겠느냐?
팔순이 넘어서 죽음을 기다릴 때도
나는 동요하지 않았단다
왜 그런지 아느냐, 아들아?
이 모든 사태의 해답은 하나뿐이란다
내 삶이 파괴되어도

이 모든 것은 나라를 위한 것이며

용기와 결의가 있었기 때문이란다

그 아이들을 추억하며 이 가슴을 얼마나 태웠겠느냐?

모든 순간마다 기절하지 않을 수 있었겠니?

너와 네 친구처럼 겁쟁이였다면

오늘날 내가 너를 낯선 땅으로 보내놓고

평상에 앉아 기다리고 있을 수 있었겠니?

아들아, 이 모든 것은 시대의 요청이었단다

그래서 나는 만족하면서 마음을 다스리고

치맛자락을 눈물로 적시면서

네 얼굴을 늙은 내 영혼의 포근한 그늘로 생각하면서

웃으며 살고 있단다

아들아, 나는

네가 길을 잃을 거라고 절대로 믿지 않지만

요즘은 내 마음이 약해졌단다

두려움에 몸도 떨리고

좋은 소식도 들려오지 않고

눈으로 본 광경도 사랑스럽지 않구나

행복을 찾아간 너희들이

왜 이렇게도 나약하고 무기력해졌느냐?

만약 너희들이 이렇게 자살의 길을 선택한다면

고르카[2]의 용감한 후손이라 어찌 부를 수 있겠느냐?

세계의 왕관을 쓴 젊은이라 어찌 부를 수 있겠느냐?

지혜로운 저녁왕[3]과 시따 여신[4]의 후예라고

어찌 부를 수 있겠느냐?

전쟁에서 용맹하게 싸운 벌버드러[5]와

용감한 총리 빔센 타파[6]의 후손이라

어찌 부를 수 있겠느냐?

이 모든 걸 다 잃었어도

심장 한 조각을

수평선 너머로 보내놓고 살아가는

이 늙은 어미의 아들이라고

어찌 부를 수 있겠느냐?

용감한 순국선열의 아들이라고

어찌 부를 수 있겠느냐?

아들아, 대답해보거라

나는 네 대답을 기다리고 있단다

1) 네팔에서 외국에 용병으로 가는 사람들을 이르는 말.
2) 네팔 출신의 용병 부대. 세계에서 가장 용감한 군대로 손꼽는다.
3) 《라마야나》에 나오는 네팔 왕.
4) 저녁의 딸.
5) 1814년 영국과 네팔 전쟁에서 용감하게 싸운 장군.
6) 영국과의 전쟁 당시 네팔 총리.

덫에 걸린 인생

가뭄으로 농사짓지 못하는 논에서
믿음의 돌담을 세우고
사랑의 기도로
게으름과 무신경들을
활발하고 생기 있게 만들려는 생각이
결국은 착각일까 진실일까?
힘들고 외로운 낮에는
봄이 미소 짓지 못하고
무료하고 쓸쓸한 밤에는
꿈이 머물 수가 없구나

이별의 아픔과 고문의 상처로
희망의 빛이 열리지 않는 것은
누구의 탓일까?

시간이 흘러가다가
마음의 딜레마로 인해
점점 나약해지고 있구나

새순이 올라오면서
사람 안에서 자라고 시드는 일은 계속되고 있구나

부러질 것 같은 가지들을 부여잡은 손가락들이
언제까지 버틸 수 있을지 알 수 없구나
외국인을 무시하는 시선을 언제까지 참아야 하는가

가뭄으로 건조되고 갈라진 땅에서
언제쯤 생동하는 식물로
피어날 수 있을까?

진리의 소리를 부추기는 사람들이
언제쯤 행동으로 옮길 것인가
환상의 땅에서
가짜 향기를 뿜어내는 사람들이
언제까지 활동할 것인가

말로는 평화의 만트라*를 읊조리면서
칼을 품고 있는 사람들이
언제쯤 없어질 것인가
눈물로 땅을 적시고
손톱으로 땅을 파면서
땀의 물꼬를 트고
언제까지 독재자들을 살릴 것인가

대답이 없는
이토록 수많은 의혹들과
하늘과 바다가 만나는 수평선 너머로
온몸을 전율하면서
덫에 걸린 상태로 언제까지 살아갈 것인가

* 진언(眞言). 불교나 힌두교에서 기도 또는 명상 때 외는 주문 또는 주술.

계속되는 꿈들

모든 사람의 머릿속에서
꿈의 식물이 자라고 있다
어떤 꿈들은 로켓처럼 날아서
달을 밟는다
어떤 꿈들은 활화산처럼 터져서
땅속 가득 쏟아진다
대개 꿈들은 매우 아름답다

세상을 이기려고 떠난 위대한 여행자는
자신의 목적지에 도착할 수 있을까?
레기스탄 광장* 가득 날아가는
한 무리의 목마른 새들은
자신의 둥지에 도착할 수 있을까?
돈을 벌려고 떠난 이방인은
무사히 고국으로 돌아갈 수 있을까?
전쟁터로 떠난 용감한 전사는
살아서 집으로 돌아갈 수 있을까?
오직 계속되는 꿈들……

한 쌍의 연인들이
미래를 바라보는 아름다운 꿈……
한 사람의 산악인이
에베레스트 정상을 밟으려는 꿈……
한 사람의 과학자가
우주를 관통하려는 꿈……
눈먼 사람이
밝은 세상을 보려는 꿈……
이러한 것들은 부드러운 마음에서 나오는 꿈들이다

일부 제한된 꿈들과 일부 계속되는 꿈들
아름답고 부드러운 꿈들이
깊은 밤 도깨비불처럼 흐느적거리면서
점멸한다
그리고 살아 있는 한 사람의 일생이
해와 달의 따뜻한 온기를 두고
보이지 않는 블랙홀로 가서 사라질 것이다

반딧불이

저녁마다
반딧불이들이
원시 마을에서
시골 마을에서
눈 덮인 산에서
바닷가에서
돌아다니면서 밝게 비추곤 했다

최근에 식민지에서 벗어난
원주민들이
집집마다
마을마다
사거리마다
자유의 기쁨을 누리곤 했다
그리고 그들의 눈앞에서 돌아다니는
반딧불이를 보고
이것은 밝음의 상징이다
이젠 우리나라도 반딧불이처럼 밝혀야 한다고

말하곤 했다

어두운 밤에
전쟁에 지친 패잔병들이 머무는 곳마다
반딧불이들이
그들의 눈앞에서 돌아다니곤 했다
그들도 말하곤 했다
이젠 우리나라도 반딧불이처럼 밝혀야 한다

가난한 사람들, 노동자들, 농부들의 눈앞에서도
반딧불이들이 돌아다니곤 했다
그들도 일제히 말하곤 했다
이젠 우리나라도 반딧불이처럼 밝혀야 한다

이제 원주민들이 하나가 되어 일어났다
나라를 밝히려는 결심으로 뭉쳤다
그리고 그들은
'계몽운동'을 시작했다

그들은 점점 발전을 이루어갔다
나라의 얼굴도 바뀌어갔다
시간이 흐른 뒤 그 나라는
오늘날 발전된 나라가 되어 우뚝 서 있다

오늘도
반딧불이들이 저녁마다
날아다니고 있다
사람의 마을에서
산꼭대기와 산 밑 마을에서
바닷가에서
눈이 덮인 산에서……
그런데 그 나라는
결코 지지 않는
하늘의 달과 해가 되어서
빛나고 있다

내일

바로 이 순간
안개 낀 지평선을
내 열린 눈으로 보고 있다
멀리, 멀리
바람이 몰고 가는 길들의 소리를
정글에 사는 한 무리 자칼의 포효 소리를
듣고 있다

바로 이 순간
내가 죽는다면
누워 있는 내 몸이
내일 늦은 시간까지 침대에 있으리라
제시간에 출근할 수 없으니
화가 난 사장님이 내 방문을 열리라
죽은 나를 보고 놀라
급히 여기저기 신고를 하리라

내 책들이

소설, 자서전, 여행기, 시집 같은 무수한 책들이
테이블 가득 흩어져 있으리라

최근에 읽고 있는
235페이지가 접힌 소설책 '망개나'도 있으리라

테이블 밑에는
멀티플러그에 연결된
휴대폰과 노트북 그리고 블루투스 충전기들이 있으
리라
　테이블 다리 옆에는 쓰레기통과 담배꽁초가 담긴 재
떨이,
　그리고 재떨이 위에 있는 돈을 이체한 영수증들이 있으
리라

　테이블의 한구석에는
　닫힌 삼성 노트북과
　그 노트북 위에는 2년 된 휴대폰이 있으리라

서서히 사람들이 모이고

내 죽음의 이유를 찾기 위해

방을 수색하리라

사장님은 방문 옆에서

죽음이 자신의 탓이라 여기며 두려움에 떨고 있으리라

형식적인 절차가 끝난 후에

나를 고국으로 돌려보내리라

내 가족들

내 친척들

내 친구들

나를 아는 사람들이

마지막으로 울게 되리라

페이스북에 내 사진이 포스팅되리라

그리고

'RIP'

명복을 빕니다

천국에 갔을 거야
등등이
쓰이리라

그다음에
집에 있는 오래된 상자 안의
사진첩 어딘가에 내가 있으리라
웃고 있는
춤추고 있는
걷고 있는
또는 모임에서 즐기고 있는 사진들로
항상 남아 있으리라

그리고 가족이나 친척, 친구들에게서 차츰
나의 디지털 사진들이 사라지리라

어머니는 내 죽음을 잊고
때론 식사 시간에

밥그릇 하나를 더 꺼내놓으리라

띠하르 축제* 때 누나도
나를 위해 꽃목걸이를
하나 더 만들리라

공책에다 내가 쓴
미완성의 단어들이
완성되기 위해
내가 오는 길을 바라보리라

인구조사를 하는 날
조사원이 가족의 수를 물을 때
부모님이 내 이름을 말하지 않으리라
그리하여 내 이름이 등록되지 않으리라
이렇게 나는
나라에서
시선에서

세상에서

기억에서

완전히 사라지리라

* 네팔의 가을 명절(우리의 추석) 후 제일 먼저 다가오는 힌두교 축제.

174

나

좁은 방
3층짜리 침대 두 개
방문 옆 맨 아래 칸 침대에 있는 나
베개 오른쪽에 꽂혀 있는 휴대폰 충전기
충전기 밑에 웅숭그린 휴대폰
그 가까이에 엉킨 이어폰

왼쪽으로 몇 권의 책들이 흩어져 있고
행복한 삶에 어떻게 도달할 수 있는지
그 비결을 나는 책에서 찾고 싶었다
하지만 그 책의 이야기보다 더 무거운 삶의 현실에 끼여
책 속의 언어들을 이해할 수 없었다
오른쪽에는 볼펜이 꽂혀 있는 공책 하나가 있다
삶의 거룩한 꿈이 원하는 목적지를
나는 그 공책에 쓰고 싶었다
하지만
삶을 쓰려고 준비한 공책에
결박당한 현재의 쓰디쓴 진실이 끊임없이 저절로 쓰이

고 있다

방문 옆에 비닐봉지를 씌운 쓰레기통이 하나 있다
그 안에는 찢어버린 수많은 꿈들이 적힌 종이와
연기가 되어 타고 남은
수많은 희망의 꽁초들이 가득하다

다른 쪽 벽면에는
부서질 듯 말 듯 한 옷장 하나가 보인다
그 안에 내 삶처럼 쑤셔 넣은 몇 벌의 옷들이
마치 목매단 듯 옷걸이에 걸려 있다
옷장 위에는
낡은 트렁크 가방이 하나 있다
그 가방은 꿈들을 꾸역꾸역 담아서
이곳 공항으로 온 것이다
그 이상한 꿈들을 감당할 수 없어
스스로 터져버린 가방이 말없이 가만히 있다

그리고 침대 옆 옷걸이에는 크로스 백이 걸려 있다
그 안에 허름한 여권과
신분증 하나
체크카드 하나
신용카드 하나
버스카드 하나
몇 장의 송금 영수증들
그리고 가장 많은 것은
결코 끝나지 않을 빚의 명부들이 혼재해 있다

눈앞의 벽에 붙어 있는
달과 해가 새겨진 네팔 국기가
아침저녁으로 애국을 가르치고 있다

하지만
수많은 수료증들을 상자에 담아둔 채
허름한 여권에 도장을 받고
양과 염소의 무리들처럼 줄을 서서

아무것도 배우지 못한 문맹처럼
로봇을 만드는 나라에서 로봇이 되어
자신의 성실한 노동의 시간을 보낼 때
가끔은 휴대폰의 사진첩을 본다
그 사진첩 맨 아래 가려져 있는
대학교 졸업식 가운을 입고 찍은
나의 졸업 사진을 하염없이 바라본다

불의 글자

나는
아궁이에서 점화되어야 했어

아궁이에서 점화되었더라면
추위를 없애고 온기를 주었을 텐데
맛있는 음식을 요리했을 텐데
내가 훨훨 점화되면 손님이 온다는
오랜 미신에 따라
손님이 오고 있다는 것도 알려주었을 텐데

내 입술을 만져서 등불을 밝힐 수도 있었을 텐데
너는 그 등불의 밝은 눈을 빌려
너를 버리고 간 연인의 사진을 다시 볼 수 있었을 텐데
절반을 쓰다 만 시를 완성할 수 있었을 텐데
나라얀 고팔*의 노래가 담긴 카세트를
어디에 보관해두었는지 그것을 찾아
눈물 한 줌의 슬픔을 들을 수 있었을 텐데

삼거리 사거리 그리고 길거리에서 점화되는 바람에
나는 아주 추해졌어
아궁이에서 점화되었더라면
의미 있는 삶의 시가 되어
한 행이라도 더 길어질 수 있었을 텐데
의심스러운 눈초리에
믿음을 주는 붓 한 점의 색깔을 더 칠할 수 있었을 텐데

하지만 뭘 할 수 있을까?
내 스스로 내 안에서 자신의 의식을 빼앗고
상명하복으로 움직이고 있는
어느 젊은 애국 경찰 같구나

나비들의 날개를 태워라— 예썰
책의 페이지들을 태워라— 예썰
나무의 가지들을 태워라— 예썰

때로는 이런 느낌이 들어

어느 환자를 위해 물을 끓일 수 있었더라면
산모의 등을 위해 숯으로 탈 수 있었더라면
삶이 얼마나 위대했을까?
숲에서 점화된다 하더라도
소풍을 위해 즐거움을 요리했더라면
또는 마음의 사원에서 등불을 밝혀줄 수 있었더라면
희망의 법당에서 향을 켤 수 있었더라면
삶이 얼마나 위대했을까?

내 의무는 타고, 태우는 것이지만
너는 왜 나를 악용하여 이익을 얻었느냐?
왜 나를 점화하여 꽃잎을 태웠느냐?
왜 새들의 둥지를 태웠느냐?
여행자들을 데리고 가는 버스 안에서
휘발유를 뿌리고 왜 나를 점화했느냐?

대답을 듣지 못한 채 타다가
대답을 듣지 못한 채 태우다가

오랜 시간이 지난 오늘, 나는 자신의 질문에

좀 더 색다른 대답을 찾았다

나는 너의 지붕 위에도 쉽게 올라갈 수가 있구나!

* 네팔의 가수이자 작곡가. 네팔에서 중요한 문화 아이콘 중 한 명으로, 'Swar
  Samrat'로 불린다.

인정

그래, 그대가 옳다
나는 예전의 내가 아니다, 변해버렸다

그때는
매 순간 사랑의 빛깔을 생각하여
셔츠 주머니에 장미꽃을 꽂고 다니곤 했다
그 장미꽃에서
삶의 갖가지 아름다운 꿈을 꾸곤 했다

나는 그대에게 결코 물어볼 수 없었다
내가 삶의 아름다운 꿈을 엮는 동안
그대는 무엇을 엮고 있는가?

아마도 우연이리라
내가 장미를 사던 가게에서
왜 손수건을 팔려고 진열해놓았을까?

요즘은 가게 주인이

내가 도착하면 나를 위로하면서
장미를 파는 손으로
나를 위해 말없이 손수건을 꺼내 준다

사랑스러운 시간아, 그대가 옳다
나는 예전의 내가 아니다, 변해버렸다
이제는 장미를 꽂던 셔츠 주머니에
손수건을 꽂고 다닌다

달 이야기

가을 한낮
손가락으로 절벽을 가리키며
누나가 말했어요
"아! 이 절벽에
얼마나 아름답게 핀 난초인가!
이 꽃의 속성은
내 일생처럼
수많은 고난 속에서 피어났다는 것!
이 꽃이 난 몹시 좋아
이 꽃을 보면 별을 떠올리지!"

누나의 이야기에
놀라서 내가 물었어요
"별이 누구야?"
입가에 미소를 지으며
누나가 말했어요
"내 별!
내 사랑!"

갑자기 누나의 눈물이 강물처럼
절벽 아래로 흘러내렸어요
마치 절벽 아래로 동공이 떨어질 듯이요

누나의
노래 같은 넋두리가
사랑기*의 선율처럼 들렸어요
유명한 사랑기 연주가 절럭만이 생각났네요

누나는 이야기보따리를 풀어서
계속 들려주었어요
"어느 날의 이야기란다
내가 이 꽃을 좋아하는 이유를
별에게 들려주었어
별은 나를 위해서
그 꽃을 따려고 절벽으로 내려갔다가
갑자기 절벽에서 떨어지고 말았단다

그날부터 이 절벽은 별의 절벽이 되었지!
이제는 이 절벽이 유명해졌지
살아 있는 내 사랑의 상징이란다"

물 항아리가 뒤집어진 듯
누나의 눈물샘이 터져버렸어요
어둠이 점점 내리고 있었네요
누나가 눈을 가린 채
순식간에 절벽으로 뛰어내렸어요
나는 무서웠어요!

"누나!" 하고 소리쳤어요
막무가내로 소리쳤지요
절벽 사이로 난 어둑한 길을
더듬거리며 불렀어요
한동안 정신없이 울었네요
울부짖었네요
결국

울면서 집으로 돌아왔어요

다음 날 아침 마을에는
소문이 돌기 시작했어요
"얼마나 예쁜가!
생기발랄한 나이에
별의 절벽에서 달도 떨어졌대!"

그 이후로
한 번도 누나를 본 적이 없어요
하지만 별의 절벽 꼭대기에서
내 마음 가득 누나가 춤을 추었어요
누나에 대한 그리움이 점점 깊어졌어요

어느 날 저녁
내 어린 마음을 꿰뚫어 보듯이
누군가 하늘을 향해 말했어요
"저기 달이 떴네!"

달이 된 누나가 하늘로 나왔구나!
하고 생각했어요

그 후론
매일 달을 보면서 생각했어요
달이 된 누나가 소꿉놀이하러 언제쯤 올까?
나를 업고 언제쯤 장을 보러 갈까?
아, 누나는 아무런 말이 없네요

어느 날 저녁엔
장에서 돌아오던 아빠랑
고개 너머로 달이 함께 오는 것을 보았어요
그 순간 얼마나 기뻤는지 몰라요

하지만, 가엾게도!
잠시 후에
아빠가 집으로 오셨지만
아, 달은요!

왜 혼자 하늘로 가버렸을까요?

이야기는 아직 끝나지 않았답니다……

* 통나무 속을 도려내어 바이올린과 비슷하게 만든 네팔의 전통 악기.

고럭 바하둘

그의 사회봉사는
가벼운 광고나 번창하는 사업이다
사회봉사가 아닌 곳이 없건만
고럭 바하둘은
사회봉사가 어디에 있는지 찾고 있다

고럭 바하둘은 시도 쓰고 있다
그의 시의 주제는 문어의 생김새처럼
어떤 머리인지
어떤 꼬리인지
또는 어떤 몸통인지
아이디어도 없건만 끊임없이 쓰고 있다

고럭 바하둘은 네팔연방제 지도처럼
일생 동안 바뀌고 있는 수많은 생각으로
바람과 함께 픽껄 지역의 오르막길을 걷고
성공하기 위해 강과 함께 달린다
여기 선언문에서 조직의 이데올로기를 없애고

브로커들의 이익만 좇고 있다
그는 항상
메신저 비디오에서 손 키스를 남긴 채
수년을 지하로 숨어버린다
배신자처럼

인도가 빼앗아간 네팔의 리뿔랙과 깔라빠니가
자신의 안전을 위해 보호자를 기다리는 것처럼
그곳 사랑하는 사람이
메신저에서 누군가의 미소를 기다리고 있다
시간이 제 존재를 유지하기가 참으로 어렵다
이즈음
명예를 고려하지 않고 붉은 거리에서 누가 발자국을
남기는가

아하, 버스에서 이토록 큰 소리로 떠드는 사람이 누구
인가?
늦게 와서 살며시 새치기하는 사람은 누구인가?

열한 시 초대에 한 시에 도착하는
왜곡된 마음을 가진 유명한 학자는 누구인가?
자기 체중보다 세 배를 더 이야기는 사람은 누구인가?
질문이 끝나기도 전에 무대 뒤에서 소리친다
바로 '고르케'*다!

누군가 성난 목소리로 묻는다
전쟁으로 피해를 당한 개도국의 시민을 살린
우리의 용감한 군인과 이름이 비슷한
고르케가 누구냐?
다른 사람이 성난 목소리로 또 묻는다
세상을 뒤흔든 우리의 용맹한 고르카 용병과 이름이 비슷한
고르케가 누구냐?

이 질문으로
주변이 쥐 죽은 듯이 고요하다
아무도 대답하는 이가 없다

아마도 대답하지 못하리라

대답한다 하더라도

그 대답과 함께 이 세상에서 한 사람의 존재가 사라지
리라

* 고력 바하둘(네팔의 일반적인 남성 이름)을 속되게 부르는 말.

평화란 무엇인가, 어떠한가

당연히 평화를 위해서는
불경의 눈으로부터
문둠 경전*으로부터
성경의 할렐루야로부터
베드 성자의 수행으로부터
만트라를 읊조리듯

옴마니반메훔
옴따개라닝바부만대새와로
할렐루야, 아멘
옴써르베바원떠수키나

평화를 원하며
평화를 구하며
평화를 찾으며

생각 그리고 마음과 마음들이
공포와 마주친다

만나고 경험했던
천박한 생각으로부터
악령의 두려운 괴성이 들려온다

드라큘라 같은 악마들이
큰 건물에서
모든 걸 파괴한다
사나운 악마들은
하늘에서 소리친다
무덤가 악마들은
보행자들을 몰아내려고
불을 밝힌다
강변의 악마들은
한숨을 내쉬며
울고 있다
평화란 무엇인가, 어떠한가

결국

나약하고 무기력한 사람들은
그 상황에서
흰색 깃발을 꽂고
죽어간다
그 무덤가에는
무질서한 혼돈만이
기다리고 있다
평화란 무엇인가, 어떠한가

샛길에서는
사두** 성자들이
라마 스님들이
림부 성직자 얘바 얘마니들이
걸어가고 있다

평화를 위해
어느 언덕에서는
흰색 비둘기를 날려 보낸다

신을 위하여
당신들을 위하여
용서와 은혜를 받기 위하여
끊임없이
뎅뎅뎅 종소리가 울리고 있다
하나는 국회의사당의 종
하나는 신탁神託의 종
하나는 거리의 종
하나는 슬럼가의 종!

어딘가에서 아부하는 마음들로
어딘가에선 욕심부리는 마음들로
어딘가에선 종에서 울리는 신의 목소리로
어딘가에선 가뭄과 굶주림으로
어디가에선 불태우는 매운 연기로
유령들이 즐거워 보인다
악마들은 화가 나 보인다
신들은 고통스러워 보인다

하지만
의문은 여전하다
평화란 어떠한가

나는 국회의원 드라큘라 유령이다
나의 배는 크다
온갖 비리와
나라의 모든 재물을 넣을 수 있다
수많은 국회의원들 중에서
나는 하나의 드라큘라 유령일 뿐이다
궁전 같은 국회의사당에 살면서
수천의 땀을 마시고
피를 빤다
요즘 나는
거머리라 불린다
벼룩이라 불린다
기생충이라 불린다
나는 혼란 속에 살고 싶다

나는 사나운 유령이다

정보통신이

내 회합의 장소다

내 혼란은

혼선으로부터 우렁차다

어떤 이들은 평화롭고

어떤 이들은 혼란스럽다

하지만

내 더럽고 깨끗한 소리들로 인해

어떤 이들은 귀가 더러워졌고

어떤 이들은 깨끗해졌다

나는 무덤가 악령이다

나의 일은 언덕과

무덤을 돌아다니는 것만은 아니다

나는 거리를 다닌다

불을 밝히고

데모를 하고
교통을 마비시키고
사람들을 불안하게 만들면서 즐긴다
요즘은 나를
조직폭력배라 부른다

나는 강변의 유령이다
한숨을 푹푹 내쉬면서 머리에 손을 얹고
강, 절벽, 밭
산봉우리, 산 밑자락에서 산다
나의 이름은
무기력, 가난, 억압이다
강변에서 한숨을 푹푹 내쉬면서
돌을 친구 삼아 깨뜨리고 있다
길거리에서 품바 타령을 부른다
탄식하면서 무거운 짐을 짊어진다

기아의 슬로건을 내건다

질병, 혼돈

전쟁, 시위

가택연금과 연좌농성의 혼란으로

집을 만들어 산다

평화란 무엇인가, 어떠한가

요즈음

마음이 시리고

침묵이 사라진다

네팔의 법은

여신만이 안다

사기의 미사일들이

머리 위로 떨어질까 두려운 혼돈

공포, 위협, 강도, 성폭력

납치를 빌미로 한 몸값

오호

천지에 혼돈뿐

평화란 무엇인가, 어떠한가

* 림부의 민속종교인 문둠(Mundhum)의 경전으로 일종의 서사무가.
** 힌두교의 수행자를 이르는 말.

거미

내 일생의 집은
모양도 없고 보이지도 않는
얽히고설킨 줄로
날마다 만들어진다

이 집은
내 마음의 양식으로부터
지성으로부터
꿈으로부터
천운과 업보
근면으로부터 생긴다
그리고 나를 가두는
거대한 올가미로 바뀐다

하여
나는 다만 상상 속에서
아름다운 정원에 있는
수많은

능숙한 거미 중 하나

나는 마음으로부터 거미줄을
뽑는다
두뇌를 사용해서
고도의 기교를 부려
공간마다
지성을 고리에 걸고
꿈과 운의 날개로
성실함으로
씨실과 날실로
보이지 않는
거대한 그물을 짠다

세상의 주변에서
나 같은 수많은 거미들이
태어나고 죽었다
나고 죽는 일은 영원히 지속되고 있다

인간의 삶은

꿈의 거미줄에서

거미줄의 꿈을

경작함으로써

얼마쯤은 완전하고

얼마쯤은 불완전하다

오늘 만들어지고 내일

망가진다

하지만

무너져서 망가져도

실 한 올만 남는다면

끊임없이 도전하면서

매달려 있는

나는 성실한 거미

신성한

보이지 않는 그물은 때때로

해롭고

때로는 운이 좋고

때로는 도전적이다

이것은 또 의식과 무의식으로

조절되고 있다

나는 작은 거미

하지만

훈련된 거미는 아니다

왜냐하면

나는

어떠한 종류의

그물도 만들 수 있지만

그물에서 빠져나오는 방법을 배우지 못해

죽을 수도 있다

마치 살아 있는 역사의

한 페이지를 장식하고

사면초가에 빠져

죽음에 이르게 되는
전쟁 서사시의 어비머뉴*처럼

창조와 운행을 위해
생성과 소멸을 되풀이하면서
여러 신자들이
제사 드리는 산꼭대기에서
정부의 최고 통치자들이
잠꼬대하는
국회의사당에서
나와 같은 인간 거미들이
그물을 짜고 있다

하지만 나는
그들과는 다른 거미
자신을 없애고
자손을 위해
인간 문명을 위해

몸을 바쳐서

수천의 거미를 낳는다

그 거미가 또 거미를 낳는다

나라를 위해서

발전을 위해서

위대하고 경이로운 거미를!

* 서사시 《마하바라타》의 주인공 어르준의 아들.

यो मेसिनको शहर हो

길

그러한 길들은 여전히 살아 있다
그 길에서 남편의 이름을 부를 때
얼굴에 붉은 랄리구라스가 피어난다
그 길에서 자신의 이름을 물을 때
손바닥으로 수줍게 가리며
하얀 이들이 안나푸르나처럼 미소 짓는다

천진한 구름들이 목적을 찾으려고
여행하는 도중에 이름 모를 새와 함께
건조한 바람을 타고 난다
그 길의 주변에서
산기슭의 기둥 같은 소나무를 뛰어넘고
강들의 좁은 물길을 밟으면서
시골의 가슴 같은 벽을 잡고
여전히 웃고 있다

까무잡잡하고 건조한 중년의 젊음과 같은
멀고 먼 서쪽의 오지 꺼르날리의 길은

아직 현대적인 교육이 시작되지 않았다

그곳에서 고속도로까지의 거리가 얼마인지도 알 수
없다

그 길이 지닌 스무고개의 대답도 찾지 못했다

그 길에는

시원한 바람이 소녀들과 함께 물결치고

사랑의 파도가 휘파람을 분다

땅같이 메마른 입술일지라도

아름답고 생기발랄하게 콧노래를 부른다

시골의 밀가루빵을 먹고 자란 사람들이

낯선 곳에서 온 사람들과 꾸밈없이 이야기하는 곳

어떠한 의심도 하지 않으면서

오히려 출산의 고통을 줄이도록

그 길의 나이 어린 엄마들을 설득하고

데우라 춤*을 추면서

자신의 역사적인 정체성을 드러낸다

돌, 흙 그리고 나무들은

장마철에 단순히 환영 인사를 나누고

그 길에서 수많은 아이들은 빗속을 구르면서

천국을 오른다

그 길은

유년의 진흙탕 길을 기억하고

산딸기, 오디나무 가시와 희롱하면서

흰 눈의 얇은 솔을 두르고

무수한 발걸음을 옮긴다

자연스러운 맛을 즐기면서

불확실한 삶의 조각들을 찾으면서

호두나무 아래에서 쉬면서

여행을 위해 살고 있다

그 길에는 해마다 우기가 생기고

태양의 첫 번째 광선도 비춘다

사과나무에 사과는 열릴 듯 말 듯

꺼르날리의 미래들이 콧물을 훔치면서 놀고 있다

얼마큼은 동충하초를 재배하고

얼마간은 매서운 추위가 감돈다
그리고 대부분의 뉴스에서 이곳 소식을 전한다

오, 정부여 대답해보세요!
당신은 그 길을 언제 걸을 것인가?

* 네팔의 서쪽 지역에서 전해 내려오는 전통 춤.

새로운 이야기

……그리고 한 나라에

산이 있었어요
그 산에는 쥐들이 있었고
쥐구멍이 있었어요

쥐들이 점점 많아지고 있었어요
쥐들은 쥐구멍을 만들면서

산의 흙을 옮겼어요
그리고 평지에 쌓아 올렸지요
당연히 산이 무너지기 시작했어요

시간이 흘러갔어요

어느 날
그 산이 없어졌어요
평지도 없어졌어요

당연히
쥐구멍들도 어디에도 없었지요

결국
쥐들은 곤경에 빠졌네요
먹을 것도 잘 곳도 해결하지 못했어요
쥐들 사이에서 야단법석이 났답니다

이제는 쥐들이 깨달아야 합니다
그들 스스로가
산을 무너지게 해서
새로운 산을 만들었다는 것을요
그 산에 새로운 쥐구멍들이 만들어질 거예요

그런데 이야기는 아직 끝나지 않았어요……

야당 신문

신문에서 뉴스를 본다
당신은 얼마나 나빠졌는가
뉴스에서 나오는 대로 읽는다
하긴 당신은 위대하다
그러나
신문이 당신의 위대함을 쓰지 않는다

당신은 반정부 요원이 되었다
나라를 분열시키는 사람이 되었다
글쎄 또 뭐가 되었다고 하더라?
이 뉴스를 볼 때 당신이 그 사람이 맞는가 싶다
내 안의 의문들이 망치로 치고 있다
아마도 나는 지금 당신과 같으리라
독재자의 음모를 깨뜨려야 한다
이런 생각이 떠오자마자 난
뉴스의 헤드라인에 기사가 나오도록
미친 짓을 하고 싶다
차라리 뉴스에 내 기사가 실렸으면 좋겠구나

당신은 오직 보는 안경을 바꿔야 한다고 말했지
하지만 뇌물로 기사를 쓰는 신문사는 당신 말을
다르게 전달하고 있다
당신에 대한 소문을 퍼뜨리고
그 소문을 기회로 다시 독재가 억압한다
수없이 왜곡된 당신을 보면서
독재가 미소 짓는다
당신의 정체성이 없어졌다고 생각한다
그리고 신문 헤드라인에
'테러리스트 무기징역'이라는 특보가 나온다

가끔은 이런저런 핑계로
당신의 사상 전향을 강조하거나 없애버린다
그럼에도 당신은 무언가를 만들어
나라를 구해야 한다고 말한다
자신의 정체성을 지켜야 한다고 말한다
하지만 신문사들은

당신 안에 있는 애국심을 쓰지 않는다
보아도 보지 못한 듯
들어도 듣지 못한 듯
쓴다고 해도 당신을 반대하듯
도대체 신문은 무엇을 쓴단 말인가!

늑대의 무리가 앞다투어 나간 지 수년이 지났지만
당신은 그들을 잡을 함정조차 파지 못했다고 말한다
눈앞에서 서로 차지하려 하고
함께 나누어 먹을 수 없는 것이
늑대의 속성이라고 말한 당신은
결국 그 야만에 대항한 죄로
감옥에 들어갔구나

당신은 그런 쓸모없는 무리들도
이해해야만 한다
한번 냉정하게 생각해보시오
당신이 원하는 것은 오직 발전뿐이다

당신은 당신일 뿐이다

당신은 왜 당신의 본성대로 살지 못하는가?

누가 막았는가?

그 걸림돌이 누구인지 당신은 알고 있는가?

아마도 이제는

당신의 소리가 억압되어 있음을

당신도 알게 되었으리라

말하고 싶으리라

알려주고 싶으리라

하지만 그들은 당신의 입을 막고 싶어한다

조국을 위해 쓰려고 하는 손들과

국경에서 나라를 지키려는 두 다리에는 수갑을!

하지만 신문은 그러한 사실을 쓰지 않는다

독재가 정의를 인정하지 않고

당신의 몸을 감옥에 넣어도

당신의 정신만은 감옥에 보내지 못한다

당신의 자유로운 사상은 막을 수가 없다

여전히

신문들은 당신을 사실과 반대로만 쓰고 있다
거대한 뉴스를 만들어내기 위해!

잃어버린 꿈

자신의 꿈을 멈추지 않고
좇은 지 수십 년이 지났다
내가 걸어갔던 길들보다
수백만 마일 더 멀리!
분지를 밭으로 일구었더라면,
차라리 황토를 발라
낡은 집을 보수했더라면,
수십 년이 지나 벌레가 집을 무너뜨린 후
어찌 후회가 없겠는가
빌어먹을 인생아!

이제 와서 후회한들
해는 떠오르는 것을
기다려주지 않는구나
그때 그 사실을 알았더라면
새벽 해가 떠오르기 전에
나는 일어났으리라
해를 뒤로하고

그보다 앞서 걸어갔으리라

나와 내 조국을 위해

최첨단 과학기술로

세상의 정상까지.

하지만

서로 밀치고 흥정하고 요모조모 따지면서

내 어리석은 꿈이

기술 문명과 어깨를 겨누기 위해

나를 여기까지 데려왔구나

어찌 후회가 없겠는가

빌어먹을 인생아!

마음 없이 오래된 해골의 몸짓으로

오늘날 내 삶이 돌아가고 있다

이해하고 있음에도 전혀 이해하지 못하도록

만드는 인간 해골들로 인해

먼 나라는 낯선 나라가 되고

하나의 세상에는 또 다른 외국이 존재하게 되는구나

그 순간 자신의 삶이 가치로 충실한
마음이 충실하다

무궁화와 랄리구라스

동반구의 어느 눈 덮인 한반도
그 한반도의 눈 속에서
나는 꽃을 심곤 했어요
천일홍 몇 송이와 과꽃들을요!
김연아 누나가
그곳 눈 속에서 아침 일찍부터
신나게 스케이팅을 즐기곤 했어요

내가 심었던 꽃들은
그녀의 정원에서 피어나곤 했지요
그녀가 수줍게 그 꽃들을 따서
아름다운 꽃목걸이를 만들어 나에게 걸어주곤 했어요
그녀의 오빠인 싸이도
강남에서 강남스타일을 부르며
세계에 강남이라는 도시를 알리곤 했어요

에베레스트에서 이렇게 먼 한반도까지
연아 누나의 사랑을 받아

눈 속에서 꽃을 심는 내 손발들이

저절로 따뜻해짐을 느꼈어요

하여

나는 과꽃과 천일홍뿐만 아니라

랄리구라스도 심어서

누나의 머리에 꽂아주었어요

그때 그녀의 아버지가 내 쪽으로 시선을 돌렸어요

그녀의 아버지가 나를 바라보셨을 때

내 손이 떨렸어요

입술이 바짝 마르고

심장이 두근거렸지요

내가 실수한 것만 같았거든요

하지만

그 순간 그녀의 아버지는

고맙다고 말씀하셨어요

그리고 그 정원에 무궁화도 심으셨어요

나는 놀라서 생각했어요

아하, 이곳에서 나는 누나의 사랑만 받은 게 아니라

좋은 아버지와의 인연도 갖게 되었구나!

오늘 나는
그녀의 정원에서 꽃들이 활짝 다 핀 것을 보고는
내 고향으로 돌아왔어요
하지만 나는 여전히 듣고 있어요
그 정원에 내가 심었던 꽃들과 함께
그녀가 더 많은 무궁화를 심었다고 해요
그리고
지금까지도 그 정원 가득
랄리구라스와 무궁화들이 피어 있다고 하네요

미래를 찾아서

유자 향 가득한 시골 마을
그곳에서 기어 다니던 유년을 지나
삶의 여행을 떠난 후에
자유로운 내 삶에
의무와 책임이 따르기 시작했다

쟁기로 밭을 갈아 끼니를 때우던
조상의 그 관습을 버리고
미래를 향한 황금의 꿈을 품고
심장에는 용기를 담아
이 끝이 없는 세상으로
미래를 찾아
달리고 있다, 전진하고 있다

시스네 개울의 시원한 바람을 맞으며
친구들이 바위에 앉아 애인과 함께
달콤한 소리로
사랑이 피어나는 노래를 부를 때

나는 눈이 얼어붙은 머나먼 이국땅에서
어찌할 바를 몰라 홀로 멍때리며
미래를 찾아
한곳을 응시하고 있다

일과 종교의 길이 다를지라도
모성애와 형제애에 성수를 뿌리면서
내 안의 모성애와 형제애를
어머니 품에 두고 온 뒤
모성 본능이 없는 이 낯선 세상에서
미래를 찾아
비명을 지르고 있다

산봉우리의 깨끗한 바위에서 흘러나오는
시원한 샘물이 주던 기운과
어제까지 용솟음치던 젊음의 교만이
이제는 서서히 사라지기 시작했다
내가 온 수평선 너머로 여명이 보이지 않기 시작했다

그럼에도 내 삶의 목적이 무엇인지 또 어디인지
여전히 불확실하지만
이 낯선 땅의 낯선 방에서
삶의 등불에 기름을 부으며
희망의 만트라를 읊조리고 있다

노인의 회상

홍조 띤 자신의 뺨을
기억하면서
빛바랜 사진처럼 희미하게 잊힌 얼굴들을
기억하면서
또 지나간 자신의 삶을 기억하면서
한 노인이 외로이 무언가에 골몰하고 있다

왜 저 구름은 젊다는 착각 속에서 일고 있는가
왜 저 태양은 우리네 삶처럼 걷고 있는가
왜 저 수많은 눈[雪]들은 시간의 뜨거움으로
머리카락처럼 저절로 사라지는가
왜 저 안개는 마음들처럼 피어나는가
지난날 심장이 죽어버린 산들을 기억하면서
한 노인이 외로이 무언가에 골몰하고 있다

언제부턴가 내 안에서 여성의 힘이 사라졌다
홍조 띤 뺨이 왜 신비롭게 사라졌는가
목은 왜 떨리는 목소리로 가득한가

누가 머리카락을 흰색의 고요함으로 물들였는가
지나간 자신의 삶을 회상하면서
한 노인이 외로이 무언가에 골몰하고 있다

그대는 왜 나를 나비라 불렀는가
꽃이든 나비든
젊음은 실로 무섭게 시들어버리는구나
지나간 옛사랑을 회상하면서
한 노인이 외로이 무언가에 골몰하고 있다

향기

오늘
바람 한 점이 나를 불안하게 한다
내가 어딘가에서 맡은 냄새를
언젠가의 기억들을
어떤 향기가 일깨우고 간다

숲속 무당
그 무당의 금방울 달린 막대기
반대로 틀어진 그 무당의 발바닥
풍만한 가슴을 가진 그 무당의 아내
그 무당의 아내가 두려워서
나는 저녁 숲길을 지날 때 미친 듯이 달리곤 했다
이 향기가 그때 숲에서 나온 것처럼 두려운 냄새 같기
도 하다

우리가 남쪽 지방으로 이사 갈 때
어머니는 팔아버린 집을
보고 또 보고 울면서 걸어가셨다

마을 사람들은 우리들을 보러 마당으로 나왔다

아래 강가에 도착했을 때
내 친구들은 예전처럼 소풍을 즐기고 있었다
이 향기는 그때 소풍에서 풍겨오던 달콤함도 있지만
서글픔도 서려 있다

수줍음 많던 나이에
그대와 내가
장난치고 놀면서
예정에도 없이
한 번도 해보지 못한 첫 경험을 했을 때처럼
이 향기는 그때의 것일 수도 있다
그대의 젖은 머리칼에서 풍겨오는 상큼한 향기
그런 상큼함도 느껴진다

텅 빈 주머니로 배고픔에 지쳐 집으로 돌아올 때

미타이*에서 솔솔 풍겨오던 달콤한 향기 같기도 하고
더사인 축제가 다가올 때
잠이 덜 깬 새벽바람이 가져온 매화 향기 같기도 하고
사랑하는 사람의 장례식에서 향을 사를 때 나오는
무서운 냄새 같기도 하다

아하, 그렇구나
오늘 길을 걸을 때
바람 한 점이 어떠한 향기를 가져왔다
어딘가에서 내가 맡은 향기
언젠가 내가 맡은 향기를
그리고 확인되지 않은 채로 바람이 도로 가져갔다
오늘
바람 한 점이 나를 불안하게 한다

* 설탕과 우유 등으로 만든 전통 과자.

눈물에 빠져버릴 것만 같아요

고향을 떠나 어쩔 수 없이 낯선 나라로 왔어요
사람들이 내 미소를 보고 행복하다고 생각하나 봐요
강철처럼 기계와 싸울 때 울어서 눈이 퉁퉁 부었네요
언젠가는 여기 이 눈물에 빠져버릴 것만 같아요

이즈음 고향의 어머니가 편찮으셔서 걱정이 돼요
이런 근심 걱정으로 울다 울다가 지쳐버렸어요
나는 돈이 열리는 나무를 찾으려고 엄청 돌아다녔네요
언젠가는 여기 이 눈물에 빠져버릴 것만 같아요

여기 내 사람이라고 할 만한 사람이 아무도 없어요
네팔 사람조차 더 멀어지고 나를 모른다고 해요
여러 날을 불면으로 밤을 지새우고 밥 먹는 것도 잊었
네요
언젠가는 여기 이 눈물에 빠져버릴 것만 같아요

이 세상은 물을 마시고 싶어도 쉽게 찾을 수 없어요
하루가 일 년 같고 모든 것이 힘들어요

머리카락은 다 떨어져 없어지고 수염은 백발이 되었
네요

언젠가는 여기 이 눈물에 빠져버릴 것만 같아요

손바닥 가득 물집과 굳은살이 생겨서 너무 아파요

이제 차라리 고향으로 돌아가 메마른 땅을 일구겠어요

세상에 돈이 전부가 아님을 여기서 깨달았네요

언젠가는 여기 이 눈물에 빠져버릴 것만 같아요

비가 내린 날

차가운 겨울 날씨에 이렇듯 폭우가 몰아치는구나
번개가 여기저기 멈추지 않고 밤새도록 번쩍거리네
깊은 밤 고요한 시간에 그대 왜 나를 그리워하는가
이렇게 비가 내린 날 그대 기억으로 심장이 활활 타오르네

손발이 시리건만 이불조차 따스함을 주지 못하는구나
이 침대를 따뜻하게 해야 하는데 내가 뭘 할까 말해보렴
새벽이 되면 그대 내 품으로 더욱 파고들곤 했었지
이렇게 비가 내린 날 내 마음으로 바람이 그리움을 데려왔네

내 몸으로 항상 빗줄기와 우박이 내리곤 했었지
그대와 함께 있을 때 세상을 잊고 즐기곤 했었네
그대는 빗속에서 노는 걸 무척 좋아했었지
이렇게 비가 내린 날 젖은 그대 모습이 나를 빠져들게 했네

편안하던 그대의 팔베개가 지금은 내 곁에 없구나

젊음이 강물처럼 흘러 헛된 삶이 되었네

그대와 함께 습관이 되어버린 날들을 참으로 잊기 어렵구나

이렇게 비가 내린 날 마음속으로 그 달콤한 순간들을 떠올리네

그대와 함께 즐기려 했지만 어쩔 수 없이 이렇게 되었구나

밤새 그대 기억으로 불처럼 이리저리 뒤척이네

무지개 빛깔처럼 다채로운 모든 꿈이 남아 있었네

이렇게 비가 내린 날 내 마음으로 구름이 짙게 드리우네

네팔 이주노동자의 내면,
그리고 우리의 거울

황규관(시인)

1

네팔 이주노동자들의 시 앤솔러지 『여기는 기계의 도시
란다』가 출판되는 것은 여러모로 의미가 있다. 이주노동
자들의 실질적인 처지와 상태에 문외한인 것을 무릅쓰고
말하자면, 지금까지 한국에서 일하는 이주노동자의 목소
리는 한국의 활동가들을 통해서 또는 연구자들에 의해 간
접적으로만 들려왔다. 그마저도 얼마나 우리 가까이까지
그들의 목소리가 다가왔는지는 자신할 수가 없다. 이 글
을 쓰는 나 또한 신문지상에서나 그들의 이야기를 그것도
간헐적으로 접해왔지 그 이상의 느낌과 감수성을 갖고 있

지 않는 게 솔직한 고백이다. 또 그들의 처지와 배제된 권리에 대해서 이성적으로 이해하고 있을 따름이지 얼마나 심정적으로 공감하고 있는지 자신할 수도 없다. 굳이 변명을 하자면 살아가는 공간이 분리되어 있고 또 언어적, 문화적 장벽이 크기 때문일 것이다. 다른 말로 하면 이주노동자들은 한국의 시민사회에서 예외적 존재이며, 그 삶 또한 게토화되었다고 말해도 그리 심하지는 않을 것이다.

하지만 굳이 통계를 들먹이지 않더라도 그들이 한국 사회에서 차지하는 역할과 비중은 큰 것으로 알려져 있다. 뉴스를 통해 심심찮게 들려오는 소식으로만 어림잡아도 이주노동자들이 경제적으로도 가장 낮은 위치에 있는데 반해 그들이 없으면 가뜩이나 일손이 없어 소멸의 단계에 접어든 농업마저도 지탱하기 어려울 것이다. 건설 현장의 일용 노동도 이주노동자들의 차지(?)인 사실을 감안하면, 한국 경제는 이주노동자들을 착취하지 않고서는 불가능하다고 말해도 심하지 않을 것이다. 하지만 한국 사회는 그들에게 고용허가제 같은 '노예제도'를 통해 법적 굴레까지 씌워놓은 상태이다. '고용'허가제라는 말 자체에서 풍기듯, 본질적으로 이 제도는 노동자의 입장이 아니라 사업주의 입장에 선 제도이다. 고용할 자유만 주어졌지 노동을 선택할 수 있는 자유를 박탈했기 때문이다.

이 앤솔러지에 실린 여러 작품들에서 확인할 수 있지만

사업주들의 고용할 자유는 이주노동자들을 합법적으로 억압하고 자유를 박탈한다. 그런데 이런 현상은 사실 낯선 것이 아니다. 지금 이주노동자의 노동 현실은 지난 1970~1980년대의 국내 노동 현실의 반복이며, 멀리는 19세기 영국 노동 현실의 반복이기도 한 것이다. 이런 반복은 자본주의 경제체제는 노동자의 노동력을 착취해서만 이윤을 낼 수 있다는 진실을 스스로 폭로하고 있는 격이기도 하다. 따라서 오늘날 노동 현실의 진상을 알려면 대기업 정규직 노동자들의 상태를 볼 것이 아니라 바로 이주노동자의 현실을 통해야 할 것이다. 자본주의 경제체제의 본성은 내부에든 외부에든 위계에 의한 식민지를 두어야만 가능하다는 게 역사적 진실이다. 어쩌면 노동력의 착취보다 앞서는 것은 식민지에 대한 수탈일지도 모른다. 노동자 사이에 숱한 분할선과 위계 구조를 두는 것은 물론 노동운동의 강력한 저항을 무력화시키기 위해서이기도 하지만, 바로 이 식민지를 두지 않는 한 자본주의 근대가 불가능하기 때문이다.

2

이 글에서는 이러한 역사적, 사회적 배경으로 이 앤솔러지에 실린 작품들을 소급하지는 않을 것이다. 왜냐면 우리의 일반적인 사회학적 인식으로 다가갔을 때 이들의 정서와 영혼이 지금 어떤 상태인지 왜곡될 가능성도 없지 않기 때문이다. 무엇보다 여기에 참여한 35인의 네팔 이주노동자들이 보여주는 내면 풍경은 겉으로는 다양해 보이지만 공통점이 적지 않다. 그리고 한 사람에게 여러 정서가 복합적으로 공존하고 있는 특성이 있다. 우리는 이 점을 조금 더 부각해서 살펴볼 것이다. 시적 성취 면에서도 편차들이 존재하는데, 그렇다고 그것이 기준이 되기도 어려운 이유는 우리가 가지고 있는 시적 성취에 대한 관념 자체가 대한민국의 역사적, 문화적 국면이 부여한 것이기도 하거니와 설령 임시방편으로 그 관념을 기준으로 세운다고 해도 그 관념을 빠져나가는 독특한 서정과 정신이 있기 때문이다. 아무튼 구체적인 작품들을 읽어가면서, 네팔 이주노동자들의 현재의 내면이 어떻게 만들어졌는지 그리고 그 내면들을 거울삼아 우리의 일그러진 모습들을 살펴보는 것이 보다 더 의미가 있을 것 같다. 먼저 러메스 사연의 「고용」을 언급하지 않을 수 없다. 이 작품은 우리의 모습을 정확히 조준하고 있으면서 특유의 풍자를 통해 우리를 말없이 슬프게 그리고 아프게 한다. 1연 이하 전체다.

어느 날 사장님께 말했지요
사장님, 당신은 내 굶주림의 신이시며
내 삶은 당신의 은덕입니다
그래서 생일을 특별하게 보내고 싶어요
휴가를 주세요

사장님이 말씀하셨어요
내 덕분에 너는 오래 살 거야
이번에는 일이 많다
내년에 생일을 잘 보내도록 해라

나는 네라고 말했어요

어느 날 다시 사장님께 부탁을 했지요
사장님, 당신은 굶주림의 신의 신이십니다
당신의 자비로 집을 꾸며주세요
사랑하는 사람과 결혼하고 싶어요
저에게 휴가를 주세요

사장님이 말씀하셨어요
좋은 날들은 또 올 거야
이번에는 일이 많다

다른 길일에 결혼하도록 해라

나는 다시 네라고 말했어요

하루는 삶에 너무도 지쳐서

내가 말했어요

사장님, 당신은 내 굶주림과 결핍을 해결해주셨어요

당신에게 감사드려요

이제는 나를 죽게 해주세요

사장님이 말씀하셨어요

알았어

오늘은 일이 너무 많으니

그 일들을 모두 끝내도록 해라

그리고 내일 죽으렴!

— 「고용」(러메스 사연)

시의 화자는 "사장님"을 "신"이라고 부르는데, 여기서 두 가지의 의미를 읽어낼 수 있다. 작품의 내용에서 여지없이 드러나지만 실제로 사장님은 신처럼 화자의 삶과 죽음을 통제, 관여한다. 한편으로 현실적으로 사장님이 신처럼 자신의 굶주림을 면하게 해준다는 사실을 적시하고 있기도 하다. 먼저, 생일에 휴가를 달라고 하자 사장님은 자기 덕분에 내년에도 살아 있을 테니 내년 생일에 쉬라고 한다. 그다음에는 결혼하고 싶으니 휴가를 달라고 하자, 좋은 날은 언제든 오니 다른 날에 결혼하라고 한다. 세 번째이자 마지막으로 이제 죽을 날을 달라고 하자 "그 일들을 모두 끝내"고 죽으라고 한다. 사장님이 화자의 제안과 부탁을 모두 거절하는 이유 딱 한 가지는 지금은 일을 하는 때이다. 그러니 생일을 자축하거나 결혼을 하거나, 화자 스스로 죽을 권리도 없다고 한다. 이는 사장님, 아니 한국 사회가 시의 화자로 표상되는 이주노동자를 어떤 자세로 대하고 있는지 압축적으로 보여준다.

정작 이 작품이 우리를 아프게 하는 것은 화자의 태도이다. 그는 한결같이 "네"라고 수긍하는 자세를 보여준다. 아마 이 작품에서 이 "네"가 없었다면 조금은 범상한 수준에서 머물렀을 것이다. 하지만 화자의 "네"가 말 그대로 현실 수긍에 그치는 게 아닌 것은 덧붙일 필요도 없다. 도리어 화자가 곧바로 "네"라고 함으로써 사장님으로 표상되는 한국 사회의 가려진 야만성이 그대로 발가벗겨지고 만다. '아니오'라고 반대하거나 저항했더라면 화자의 저항적인 정념이 도드라져 한국 사회의 이면은 어느 정도 가려졌을 것이다. 무엇보다도 마음을 괴롭게 하는 것은 마지막 장면이다. "이제는 죽게 해주세요"와 그에 대한 대답, 일을 끝내고 내일 죽으라는 대답 말이다.

마지막의 "이제는 죽게 해주세요"는 이주노동자들이 갖고 있는 절망을 상징적으로 보여주는데, 다른 작품들에서도 죽음에 대한 의식을 우리는 어렵지 않게 감지할 수 있다. 일단 눈에 보이는 대로 그 예를 끌어와보자. 수레스싱 썸바항페의 「나는 배를 만들고 있다」에서는 화자가 "죽음의 계약서에 서명"했다고 말하고, 디빠 메와항라이의 「색과 꿈」에서는 "어느 인생이 호흡이 멈춘 생명처럼 쓰러져 있다고" 가정해보자고 하면서 노동이 생명을 죽음에 이르게 할 수 있다는 인식을 드러내고 있고, 디알 네우빠네의 「외국에 있는 아들에게 보내는 어머니의 편지」에서는 "6개월 전에 한국으로 간 옆집 젊은이가/ 자살을 했다"거나 또 누구는 "목매달아 죽었다"는 소식을 말하고 있고, 딜립 반떠와의 「내일」이라는 작품에서도 "내가 죽는다면"이란 상상을 통해 "사장님"에게 복수하고픈 심정을 드러내고 있으며, 비스누 와글레의 「기억의 물결들」에서는 "빨간 관 속에 넣어서 고국으로 보내지 않기를 바랄 뿐이다"라는 심경을 밝히고 있다.

죽음에 대한 의식이 다수의 작품에서 눈에 띄는 것은 솔직히 충격적인 일이다. 산업재해나 질병으로 인한 실질적인 죽음을 목격하거나 또는 그런 일을 당했을 때 자신들의 힘만으로는 헤쳐나가기 불가능하다는 두려움 때문이기도 하겠지만, 한국에서의 노동 자체가 이주노동자들에게는 아직도 살인적여서일 가능성도 크다. '살인적인 노동'은 그러나 단지 노동 강도의 문제만은 아닐지 모른다. 이들이 한국에 어렵게 올 때 가졌던 꿈이 무참히 뭉개져버린 데서 오는 심리적 좌절감에서 죽음에 대한 의식이 싹텄을 수도 있다. 이런 인식의 편린들도 마찬가지로 너무도 쉽게 확인할 수 있다.

> 어떤 꿈들은
> 삶을 통제하면서
> 삶의 길들을
> 무제한으로 봉쇄해버린다
>
> —「꿈」(수레스싱 썸바항페) 부분

> 꿈을 낳으려고
> 노동의 감옥에 갇혀
> 시간에서 시간으로
> 신부처럼 젊음을 바쳤지만
> 나는
> 결코 임신하지 못했다
> 꿈의 어머니가 되지 못했다
>
> —「노동자」(끄리스나 끼라뜨) 부분

누군가 와서 달리라 하고

누군가는 와서 앉으라 한다

또 누군가는 와서 일어나라 하고

또 누군가는 와서 자라고 한다

—「머던의 넋두리」(선저여 꺼우짜) 부분

꿈이 좌절되거나 혹은 존재를 부정당하는 현실이 심리적인 차원에서 죽음 의식을 불러일으키는 것은 자연스러운 현상이다. 위의 인용에서 느낄 수 있듯이 가졌던 꿈이 도리어 삶을 통제하거나 또 다른 길의 모색을 봉쇄해버리는 경우도 있고, 꿈을 위해 "노동의 감옥에 갇혀"봤지만 꿈을 잉태할 수가 없거나, 나아가 주체성이 철저히 무너지는 상황에까지 다다르게 된 현실을 이 앤솔러지에 실린 작품들은 충분히 증언하고 있다. 물론 여기서 공통적으로 언급되는 '꿈'은 경제적으로 빈곤하고 정치적으로 혼란스러운 조국 네팔을 떠나온 이유가 되기도 하지만, 한국에 와서 노동을 통해 이루고 싶었던 물질적 풍요를 포함한 더 나은 삶에 대한 희구와도 관계가 있다. 이는 근대문명 속에서 대체적인 민중의 열망이며 우리에게도 너무 낯익은 '꿈'이기도 하다.

하지만 근대문명이 심어준 이 '꿈'이 과연 한국이든 네팔이든 민중들의 삶을 나아지게 해줬는지는 의문이다. 일

차적으로는 배제와 차별 앞에서 좌절하고, 그다음으로는 죽음에 대한 의식까지 가지게 하면서 우리에게 정신적 질환을 안겨주기 때문이다. 그런데 네팔의 이주노동자들은 우리의 경험과는 다른 비판 지점으로 나아간다. 이는 이 앤솔러지에 실린 적잖은 작품에서 보여주는 독특성인데, 그것은 이들이 거의 본능적으로 근대문명이 무엇인지, 특히 한국의 근대가 어떤 이면을 가졌는지 날카롭게 간파하는 데서 발현된다. 나는 개인적으로 이 부분이 가장 흥미로웠으며, 한국의 독자들에게도 시사하는 바가 크다고 자신할 수 있다. 그것은 바로 기계문명과 물질주의에 대한 경험과 자각 속에서 시작된다.

3

친구야, 여기는 기계의 도시란다
여기는 재스민과 천일홍들이 애정을 뿌리며 웃지 않는다
새들도 평화의 노래를 부르지 않는다
여기는 사람들이
기계의 거친 소음과 함께 깨어난다

하루 종일 기계와 함께 기계의 속도로 움직인다

장마철에 젖은 산처럼

몸에서 폭포수처럼 쏟아지는 땀에 젖어

스스로 목욕을 해도

이 쉼터에서는 시원하지 않구나

사람이 만든 기계와

기계가 만든 사람들이

서로 부딪히다가

저녁에는 자신이 살아있는지조차 알 수가 없구나

친구야 여기는 기계의 도시란다

여기는 사람이 기계를 작동시키지 않고

기계가 사람을 작동시킨다

— 「기계」(서로즈 서르버하라) 부분

　어쩌면 2절에서 인용한 「고용」과 여기에 인용한 「기계」
는 가장 날카롭게 한국 사회의 핵심을 꿰뚫은 통찰일 것
이다. 「고용」이 개인적인 욕망으로 점철된 한국 사회의 문
화적 무의식을 겨냥하고 있다면, 「기계」는 그것들을 떠받
치고 있는 근대 기술문명 자체를 예민하게 포착하고 있
다. 사실 이 인식 내용만 본다면 지금 왕성하게 제출되고
있는 한국의 기성 시단의 어떤 작품보다 뒤떨어지지 않는
다. 서로즈 서르버하라는 단도직입적으로 "여기는 기계의

252

도시"이며 "기계가 사람을 작동"시키고 있다면서, 우리 자신도 무감하게 받아들이고 있는 '기계의 노예화' 상황을 간파하고 있다. 인용에서는 빠졌지만 마지막은 이렇게 끝난다.

> 이 기계의 도시에서
> 기계와 같이 놀다가
> 어느 사이
> 나도 기계가 되어버렸구나

「고용」에서 시의 화자가 "네"를 마치 후렴구처럼 반복하며 풍자와 자기 객관화에 성공했듯이 이 작품에서도 "여기는 기계의 도시"이며 "기계가 사람을 작동"시킨다는 비판을 넘어서 화자 자신마저 기계가 되었다고 진술함으로써 '지금 이곳'이 "기계의 도시"임을 감각적으로 드러내는 데 성공한 것이다. 작품의 마지막에 이르러 독자 자신도 기계가 되어버린 현실을 강렬하게 추체험하게 되는 것은 바로 이런 성공적 결말 때문이다. 비단 이 작품만이 아니다. 여러 작품에서 화자들은 자신들이 마치 로봇 같다고 토로하기까지 하는데, 몇 가지 예를 더 들어보도록 하겠다.

나는 이 로봇의 나라에서 밤마다

이런 생각을 하다 눈을 감고

다음 날 아침이면 어김없이 일어난다

—「어머니의 알람」(덤벌 숨바) 부분

아무것도 배우지 못한 문맹처럼

로봇을 만드는 나라에서 로봇이 되어

자신의 성실한 노동의 시간을 보낼 때

가끔은 휴대폰의 사진첩을 본다

—「나」(딜립 반떠와) 부분

삶이 이토록 어려운 시기가 도래해서

이제는 당신 기계의 족쇄를 차고

슈퍼 기계가 되어서 움직이고 있어요

—「슈퍼 기계의 한탄」(니르거라즈 라이) 부분

　　사실 기계와 로봇의 기술공학적 차이는 크지만 시적 인식 차원에서는 같은 의미를 지닌다. 이들이 보기에 한국은 이렇게 노동자들을 로봇으로 만들어 거대 기계에 종속시키고 있다. 아니. 거대 기계에 종속시켜서 거대 기계의 부품으로 취급하고 있다고 말하는 게 더 진실에 가까울 것이다. 당연히 그 노동은 인간의 것이 아니라 로봇의 노동이다. 앞에서 나는 이런 시적 인식이 한국의 독자들에게도 시사하는 바가 크다고 했는데, 사실 기계문명에 대한 시적 인식은 아이러니하게도 한국의 시인들에게는 보이지 않는 측면이다. 차라리 한국의 시인들이 기계화, 로봇화가 되어가는 현실을 내면화했다고 말하는 것이 솔직한 고백일 것이다. 그런데 이 현상은 무엇을 가리키는 건가? 이것은 네팔 이주노동자들의 영혼을 구성하고 있는 것이 무엇인지 살펴봄으로써 역설적으로 드러난다.

미처 인용하지 못한 「기계」의 1연에서 서로즈 서르버하라는 "아버지 입술의 공명된 소리"와 "어머니의 품 같은 포근함"을 먼저 제시한다. "아버지 입술의 공명된 소리"가 일으킨 "바람"과 "어머니의 품 같은 포근함"으로 다가오는 "햇살"이 여기에는 없다는 것이다. 그런데 "바람"과 "햇살"은 우리가 이미 버린 과거의 유산일 뿐인가? 한국의 시인들에게 설령 그렇게 받아들여진다고 하더라도, 이들에게 비록 가난하지만 고향이 여전히 살아 있다는 엄연한 사실 자체는 그런 지극히 '한국적'인 판단을 무의미하게 만들어 버린다. 여러 작품에서 등장하는 구체적인 네팔의 지역, 종교 행사, 축제, 호수, 강, 폭포, 산, 신화 등등은 완벽하게 근대화가 된 한국 사람들의 정서와 이들의 영혼이 질적으로 다를 수 있음을 암시한다. 근대문명을 깊이 내면화한 한국인들에게는 이런 영혼의 상태가 낡아 보일지도 모르지만 아직 이들의 영혼을 붙들고 있는 것은 고향에 대한 기억이며, 역으로 이 기억이 살아 있음으로써 한국에서의 노동이 더 고통스러울 수 있다. 그래서 곳곳에서 영혼의 흐느낌이 들려오는 것이리라.

> 그리고
> 시장으로 나와
> 정처 없이 헤매고 다닌다
>
> ─「머던의 넋두리」(선저여 꺼우짜) 부분

> 덫에 걸린 것일까
> 입술이 알 수 없는 갈증을 느끼고
> 가까이에 컵과 물들이 가득하지만
> 목마름이 심하구나
>
> ─「색과 꿈」(디빠 메와항라이) 부분

그러면서 이제 조국으로 돌아가겠다고도 하지만(「이제 나는 내 조국으로 돌아갑니다」, 람꾸마르 라이) 누가, 무엇이, 왜 자신의 조국에서 살지 못하게 하고 기계의 나라인 한국으로 떠나가게 했는지 묻기도 한다. 즉 자신들이 갖고 있던 것이 본래 "보석"임을 누가, 무엇이, 왜 가리고 속였는지 묻는 이 인식은 근대문명의 역사적 본질을 정확하게 직관하고 있는 경우이다.

> 자신의 땅에서 보석 찾는 일을
> 무엇이 멈추게 했을까?
> 누가 멈추게 했을까?
> 왜 멈추게 했을까?
> 아니면 스스로 멈추었을까?
>
> ―「땅의 영웅」(비스누 와글레) 부분

4

옮긴이의 말대로 이 앤솔러지를 통해 우리가 '네팔 노동문학'을 접한 게 사실이라면, 한국의 노동 현실은 네팔 민중에게 '노동문학'을 선물한 것일까? 사실 이 질문은 아픈 질문이다. 노동자가 자신의 상태와 마음과 생각을 시로 표현하는 것 자체는 적극 독려하고 또 함께 참여해야 할 일이지만, 고향과 가족과 자신들의 산천을 떠나서 가혹한 임금노동을 하게 한 것은 그들에게 꼭 기회였다고는 말하지 못할 것이다. 백번 양보를 해서 한국이라는 나라가 그들에게 임금노동을 삶의 기회로 제공했다면, 최소한 그들에게 충분한 권리와 임금을 보장해줘야 했다. 그런데 앞에서도 말했지만 근대 자본주의에서 노동은 권리가 아니라 노동력이라는 상품으로 쪼개 거래되어야 하는 것이며, 그 노동력을 최대한 이윤으로 변환시키는 게 근대 자본주의의 속성이라면 네팔의 이주노동자에게 한국 땅은 애당초 기회의 땅이 될 수가 없는 것이다. 꿈이라는 가면을 쓴 이리의 덫에 가까울 것이다.

물론 네팔이라는 나라가 경제적으로 빈곤하고 장시간의 정치적 혼란으로 인해 민중에게 가혹했다는 입장에 서서 보면 한국이 새로운 꿈을 꿀 수 있는 나라가 될 수도 있을 것이다. 하지만 이런 관점은 한국 사회의 자기합리화를 위한 교묘한 말장난에 지나지 않는다. 다시 말해, 이런 논리 자체에는 일정하게 네팔 민중을 폄훼하는 관점이 내재해 있는 것이다. 정말 네팔 민중에게 어떤 국제적인 꿈을 줘야 했다면, 비스누 와글레의 질문대로, "자신의 땅에서 보석 찾는 일"을 도와주어야 논리적으로 맞는 것이다. 실질적으로 그게 어떻게 가능한지는 여기서 섣불리 논할 문제가 아니기도 하거니와 여기가 논할 자리도 아니다. 네팔 민중들이 한국 땅에 와서 받은 상처와 영혼의 찢김을 바로 보고자 한다면, 아예 한국이 네팔 민중들의 꿈을 이룰 수 있는 가능성으로 제시되는 것 자체가 비윤리적인 태도이다.

이 앤솔러지에 실린 작품들을 통독하면서, 네팔 이주노

동자들의 내면 상태를 어느 정도 실감할 수 있었으며 도리어 우리가 이 작품을 통해 우리의 모습을 확인할 수도 있었다. 물론 이 일은 부끄럽고도 고통스러운 일이었다. 그렇다고 해서 그들에게 섣부른 동정이나 연민을 가져야 하는 것은 아니며 도리어 그런 감상이 이들을 모욕하는 것임은 자명하다고 할 수 있다. 왜냐면 이들의 영혼은 역설적으로 우리보다 건강한 것이 분명하기 때문이다. 무엇보다 이들에게는 자신이 태어나고 자란 곳에 대한 기억이 생생하게 살아 있으며, 그들의 전통과 신을 여전히, 비록 그 정도는 조금씩 다를지라도, 가지고 있기 때문이다. 본질은 내면까지 기계화된 한국의 근대문명이 그것들을 억압하고 지워버리려 하는 데서 이들의 상처와 영혼의 찢김이 발생했다는 사실이다. 배제된 권리와 존엄성의 모독 그리고 착취와 억압은, 한국 근대문명의 속성이 작동하면서 나타난 현상에 해당한다고 볼 수 있다.

사회운동은 그것대로 이주노동자들의 처지가 개선되고 권리가 보장되는 실질을 추구해야 맞지만, 우리가 시를 매개로 만나고 있는 한 그런 것과는 다른 층위에서 생각하고 또 대화하는 자세가 요구된다고 할 수 있다. 이번 앤솔러지는 네팔 이주노동자들이 시를 통해 자신의 영혼과 생각을 표현했다는 데서 큰 의미를 갖는다. 우리는 시를 통해서 이들의 심층을 더 깊이 이해할 수 있으며 동시에 우리의 빈곤한 영혼을 아프게 확인하는 순간이기도 했다. 따라서 이들이 우리에게 복을 주었다고 해도 과언은 절대 아니다.